RANG WOMEN TANSHUO WENXUE
ZHE JIAN CHUNJIE DE SHIQING

让我们谈说这件纯洁的事情

吕　微◎著

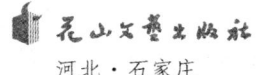

河北·石家庄

图书在版编目（CIP）数据

让我们谈说文学这件纯洁的事情／吕微著.—石家庄：花山文艺出版社，2020.6
ISBN 978-7-5511-3554-2

Ⅰ.①让… Ⅱ.①吕… Ⅲ.①散文集－中国－当代 Ⅳ.①I267

中国版本图书馆CIP数据核字(2020)第043991号

书　　名：	让我们谈说文学这件纯洁的事情
著　　者：	吕　微
责任编辑：	郝建国　李倩迪
责任校对：	李　伟
装帧设计：	王爱芹
美术编辑：	胡彤亮
出版发行：	花山文艺出版社（邮政编码：050061）
	（河北省石家庄市友谊北大街330号）
销售热线：	0311-88643221/29/31/32/26
传　　真：	0311-88643235
印　　刷：	石家庄市西里印刷厂
经　　销：	新华书店
开　　本：	880mm×1230mm　1/32
印　　张：	7.75
字　　数：	125千字
版　　次：	2020年6月第1版
	2020年6月第1次印刷
书　　号：	ISBN 978-7-5511-3554-2
定　　价：	28.00元

（版权所有　翻印必究·印装有误　负责调换）

目 录
CONTENTS

何其芳的传说
——何其芳逝世三十周年祭 ………………………… 001
阿卡琉斯的愤怒与孤独
——祁连休《中国古代民间故事类型研究》读后 ……… 023
中国民间文学的西西弗斯
——刘锡诚《20世纪中国民间文学学术史》读后 ……… 047
让我们谈说文学这件纯洁的事情
——写在《文学研究》重刊之际 ……………………… 083
做一个能够承担的文学所人
——献给文学研究所六十周年诞辰 …………………… 104
附：文学所人关于"文学所人"的往来书信 ……… 124
上帝之爱在吾心中 ………………………………………… 134
毛星，请记住我们！
——纪念毛星一百周年诞辰 …………………………… 183
虎彬的笑 …………………………………………………… 209
怀念李伟 …………………………………………………… 215
我与文学所民间室 ………………………………………… 232

编后记 ……………………………………………………… 243

还有什么,比与自己的灵魂劈面相遇更令人战栗?

——钟晶晶《李陵》

何其芳的传说
——何其芳逝世三十周年祭[①]

一

文学所的"老人"当中，流传着不少关于何其芳的故事，这些文学所的"老人"是如此地热衷于讲述何其芳，由不得所里的一干新人也竖起毕恭毕敬的耳朵；等到这班新人自己也成了"老人"，他们又开始了新一轮的讲述——就这样，何其芳的故事在文学所一代一代流传下来。

也许，这就是黎湘萍先生说的"烤箱"或"烤炉"吧？你就是再不成器，文学所这个烤炉或烤箱也把你连熏带烤熏烤成了什么人物！那时的文学所真可谓大师云集！你就听听这些震耳欲聋的名字：郑振铎、俞平伯、钱锺书……上课？上什么课？不用上课！当学生你就成天价跟上这些大师就行了！听他们自言自语，听上个三言两语，听出个一知半解，时间长了，你自然就悟出来了。

但是，在众多大师中间，我更想说的还是文学所的第二任所长——诗人何其芳。

说起来，本人与何其芳还真有点儿缘分：家父于1950年代初在《人民文学》杂志工作时，何其芳是家父的老上级，也是家父的老朋友，家父家母结婚时，何其芳是介绍人或证婚人，还送了一本刚刚翻译过来的苏联小说《幸福》作为新婚礼物[②]。但是，等到我1995年正式调入文学所，距何其芳去世的1977年已将近二十年。面对院人事局"该同志［本科］学历较低请再斟酌"的质疑，鼎力为我陈情的是马昌仪、程薔、祁连休、徐公持、吕薇芬、陶文鹏、李伊白、董乃斌、张炯、冯志正、郭一涛……诸位先生，而他们中间至今没人知道家父与何其芳多年的旧交情。也许是何其芳在冥冥之中的荐举吧！也许是何其芳曾托梦给这些器重我、提携我、关心我、帮助我的诸位先生吧！我不知道。但我知道，先生们中间多有与何其芳共过事的人。

二

到了文学所，先在《文学遗产》杂志再进民间室，无论做什么，总得从馆藏资料的调查开始。从来没有见过这么多的藏书，从来没有亲手抚摸过这么多有价值的藏书，那一次的兴奋和激动是我这一生中都不会再有的。蹲在书库最隐蔽的角落里，听任书架上的尘土纷纷扬扬落到肩上、落在手中，我完全理解了曾经两进两出文学所的董乃斌先生。一次闲谈中，董乃斌先生自述："我下了火车，一出北京站，望见十里长安街灯火通明，对面不远处就是'学部'③大楼（其实只有三层），那真是热泪盈眶啊！"董乃斌先生是何其芳时代进文学所的"老人"中间最年轻的一位，至今，文学所的"老人"们见了面仍然叫他"小董"。董乃斌先生说过，只有等到他退休，才可以说，文学所的何其芳时代结束了。

文学所，做梦的地方！

在高高的书架上翻书，正值图书馆的同志把尘封多年的一箱箱宝卷④等民间唱本登记上架。据说，这些宝卷、唱本都是20世纪五六十年代资料室的同志利用出差机会从全国各地以低廉的价格购置回来的。那时，很少人意识到这些宝卷、唱本的价值，就连民间人士自己也不认为这些玩意儿值什么钱：你想买？你想要就送给你！反正我手里还有的用就是了！非要给钱？那你看着给点儿意思意思就行了。但是，所长何其芳特别嘱咐过：购买民间藏本最好还是付钱！就这样，如今文学所馆藏的宝卷在全国各大藏书机构中占据了重要地位。

据说，资料室的同志到全国各地收集宝卷的确是根据何其芳的意旨，当然也是遵循文学所第一任所长郑振铎的遗愿。郑振铎是中国学者中最早注意到宝卷价值的人。何其芳本人虽是五四新诗的杰出诗人，却也并不小觑民间文学，他与公木（张松如）在延安时期合编的《陕北民歌选》至今仍是中国民间文学采录、整理的典范。文学所从建所之初就有重视民间文学的传统，民间室是文学所最早设立的研究室，当年在文学所资料室工作的老先生们也都是这方面的内行，他们自己更是在这个传统中工作了多年，其实他们并不需要何其芳特别提醒：外出时一定注意搜求民间宝藏。

何其芳本人当然是嗜书如命，据他自己的说法"一生难改是书癖，百事无成徒赋诗"（《忆昔》），"喜看图书陈四壁，早知粪土古诸侯"（《偶成》），即使"大泽名山空入梦"，也要"薄衣菲食为收书"（《自嘲》）。当年的何其芳家住东单，离王府井不远，那时王府井的东安市场还没有改造，旧书店鳞次栉比，据说每到礼拜日，何其芳就去逛旧东安市场的书肆，天黑时才拉上满满一平板车的书回家。据家父说，何其芳晚年"患了心脏病以后，还每每从书店里用拐杖背回一捆捆书"[5]。我不知道何其芳当年拉回、背回的那一车车书、一捆捆书当中有多少是给自己买的，有多少是给文学所采购的，而且这一车车、一捆捆的书里面有没有宝卷等民间唱本，但我猜想，何其芳不会每个星期天都有空闲去逛书店。

当然，何其芳必定是有过一次逛了旧书店以后真的拉回一平板车旧书的经历，但恰巧就被文学所的人撞见了，因此也就被文学所的人记住了，从此，就有了何其芳每逢周日必买一车书回家的传说。就像我刚才说的，何其芳未必每次都谆谆嘱咐采购人员出差时留意民间文献，资料室的同志自己就有这样的学术眼光，但资料室的老先生们仍然把文学所馆藏充栋的功劳归于何其芳，也乐得听任文学所的其他同志中间流传这样的传说，而自己则宁作无名之辈，因为他们敬重何其芳、爱戴何其芳，他们有心无意且心甘情愿地把所有的赞誉都奉献给了何其芳。这究竟是为了什么？

三

我有时怀疑，何其芳的故事有多少是完全真实的？其中又有多少虚构的成分？文学所的"老人"们把多少想象的东西赋予了他们心目中理想的何其芳？于是何其芳就当然地成为文学所集体精神的象征。在民间故事中，有一种"箭垛式人物"，这种箭垛式人物的身上被射中了各种各样的传说逸事之箭，我想，何其芳就是文学所的箭垛人物，何其芳永远是文学所的"老人"们的理解和记忆中的何其芳，于是，各种丘比特的敬重、爱戴之箭才集中射向了何其芳。

当然，要成为箭垛人物，这个人物自己也一定要具备某种品质，民间文学理论叫作传说故事的"核"，没有这种特殊品质，没有这个"核"，何其芳也不会成为箭垛人物。何其芳的特殊品质是众所公认的，他是一名共产党员，但他首先是一名真正的诗人。何其芳是一名真正的诗人，这倒不在于他是"汉园"三诗人（何其芳、卞之琳、李广田）之一，有一个故事可以说明何其芳之为真正的诗人。

1961年，文学所召开了一次以民间文学为主题的学术会议，根据我对学术史的了解，这也是文学所以"所"的规格召开的唯一一次民间文学主题学术会议，这次学术会议的中心议题是"交流中国少数民族文学史的写作经验"。撰写少数民族文学史的倡议最早是老舍在1950年代后期提出的，这个提议得到了周扬的支持，全国性的组织工作最终交给了文学所。1961年召开研讨会的时候，有十几个民族的文学史初稿已经完成，那次会议就是讨论其中白族、苗族和蒙古族文学史的初稿。

会上争论得很激烈，总的倾向是我们今天称之为"左"的意见占了上风，民间文学被捧上了天，民间文学似乎就要而且已经成为中国文学史的主导或主流，谁反对民间文学主体论谁就要冒被质疑其"劳动人民立场"的风险。会议是以文学所的名义召开的，何其芳既然是文学所的所长，就要由他来做总结报告。当然，报告的草稿在会前已由民间室的同志（兴许是毛星先生）拟好了，结论的措辞也是事前就已经商定的，但会上"左"的意见如此占据上风，而且与总结报告的结论如此的不一致还是有些出乎民间室全体同志的意料，于是，人们的目光都转向了何其芳。

何其芳听完各地同志的意见以后，连夜修改了总结报告，不是修改结论，而是针对会上的意见增加了有针对性的内容，于是就有了一篇何其芳式的坚持己见不顾后果固不让步的论争性文章，这篇文章后来发表在第二年的《文学评论》上并收入多种民间文学研究论文集，成为中国民间文学学术史上一篇永远值得纪念的、里程碑式的文献。

今天看来，何其芳当年的总结报告并没有什么惊人之论，但是，如果我们设身处地地替何其芳考虑，就可以知道当年文学所的上空并非没有政治压力。总结报告的内容我在此不能一一复述，我印象最深的是何其芳如何强烈地反对民间文学主体论，他似乎是在用尽量平缓的语气坚决地告诫与会者：民间文学固然伟大，但古典时代那些最富于人民性的作家同样伟大，比起屈原和杜甫，我们甚至不能说民间文学就一定有着更多的人民性，尽管民间文学是劳动人民自己的口头创作（这与郑振铎在《中国俗文学史》中的观点是一致的，因此是文学所同人的一致立场）[6]。

尽管这已不是"何其芳的传说"，而是白纸黑字的历史记录，但我仍然打算用传说的观点看待当年何其芳的报告事件，比如所谓"连夜修改"就是我本人的"添油加醋"，但我坚信，当我这样讲的时候，文学所的人一定愿意认同我讲的故事：那一定都是真的！何其芳终其一生都是一个说话率真的真诚的诗人！

四

文学所的人"服"何其芳的故事当中最脍炙人口的一个就是"何其芳评职称"，我从文学所的"老人"们那里听说过不止一两个甚至三四个版本。那是"文革"以前文学所唯一的一次职称评定，现任文学所所长杨义先生每逢年终评职称时必把这个故事再讲一遍。"那年评职称，文学所就是何其芳一个人说了算。何其芳对钱锺书说：你是一级研究员。钱锺书点点头。何其芳又对某某人说：你是二级研究员。某某人说：知道了。"

文学所没有人对何其芳拟定的评职称决议案持有异议，因为，没有人不信赖何其芳的学术判断力，也没有人怀疑何其芳会不公正。何其芳给所有的研究人员定了职称，唯独没有给自己定职称，他认为自己是所长，做的是行政工作，不应该再享受职称的待遇。在文学所"老人"们的传说中，那一次是文学所历史上最没有争议也没有留下任何遗憾的一次评职称，自从那次评职称以后直到今天，何其芳一直是文学所人心目中公正与权威的化身[7]。

说起来很是奇怪，从今天的眼光看，当年何其芳定职称的所作所为可以称得上独断专行，可是文学所的人至今并不质疑何其芳的做法反而津津乐道于这个故事，难道文学所当年的大师们以及今天的诸位专家学者即文学所所有的"知识分子"都丧失了起码的自由民主意识，反而要去赞誉一种过了时的开明专制，从而统统跌入了新权威主义的窠臼？

我想，事情并非如此简单。在经历了学术民主制度化的今天，我们终于意识到，科学的量化也无法保证学术自身的纯粹性；没有对于学术自身纯粹性的理解，学术就仍然要绞在种种人事情感和利益关系的缠绕与纠葛中而无法抽身为超越人事、利益经验（超验）并上升为纯粹信仰的"事情本身"。难能可贵的是，在学术政治化的昨天，何其芳竟然能够以一人之身直接面对学术信仰这件事情本身，他用了一种最简单的也是最不可思议的办法把一件在今天看来很难办妥的事情在一夜之内就解决了。这就是何其芳的伟大之处。

那是怎样的一个夜晚！当何其芳静静地独坐在家中的书房里草拟着第二天就要宣布的研究员名单时，他一定知道他将独自一人承担所有可能的风险。但是，何其芳一定在想，与其让所有的朋友和自己一起担当不纯粹的学术恶名，不如让我一人肩负起纯粹学术的厄运。于是在这样的夜晚，所有的人事牵挂和政治牵连都在何其芳的身后退却了，展现在何其芳面前的是一片澄明的世界……

每个人在他的一生中都会有几次——也许只有一次甚至从来没有过的——"高峰体验"，有过这样的高峰体验，人，才可以说在这世上没白走一遭。在那个夜晚，我相信何其芳曾自信地对自己说：我将要做一件自己一生中最值得骄傲的事情，这时，他感觉就好像写出了一首平生最满意的诗。

不光我相信，文学所的人都相信：换了任何人都做不到何其芳已经做到的，因为我们所有的人都是凡人，而何其芳在我们的心目中已经成了神，只有神才能直接面对超验的、信仰的事情本身。由于何其芳的所作所为总是我们凡人难以理解、难以做到的，因此对于何其芳，我们除了信任他信仰他，别无他法，而对于信仰中的神的故事,我们也永远不去验证其真假。

但是,当年何其芳身边的那些大师们不也都是凡人吗?也许,何其芳没有料到的是,文学所的"老人"们以绝对信任的态度接受了何其芳对他们的裁决,而何其芳本来已经准备好了如何面对同事们的不满。对于同事们的平静态度,我不知道何其芳曾作何感想。也许何其芳早就想到了他那些朝夕相处的同事们一定会与自己"共襄盛事",对此,何其芳胸有成竹:同事们一贯信任自己,并非仅仅是相信自己的品格(何其芳对自己的品格相当自信[8])比如能够主持正义之类,而是因为他们与自己一样对于学术有着同样深刻的理解。所以我想,当年的那次评职称,如果没有文学所一班大师们的无言支持,仅以何其芳一人之力,那是绝对不可能的,何其芳不可能独步天下。在这个意义上我要说,是那些大师们与何其芳一起共同缔造了文学所历史上的那次平静又平凡但却前无古人后无来者的学术壮举。

  一个人劳动的时间并没有多少,
  鬓间的白发警告着我四十岁的来到。
  我身边落下了树叶一样多的日子,
  为什么我结出的果实这样稀少?

难道我是一棵不结果实的树?

难道生长在祖国的肥沃的土地上,

我不也是除了风霜的吹打,

还接受过许多雨露,许多阳光?

——何其芳:《回答》,1952-1954年

尽管何其芳把自己的同事和朋友比作阳光和雨露,但文学所的人,无论是"老人"还是新人,至今都更愿意把那次壮举的成功归于何其芳一人,因为就他们心底的需要来说,他们更愿意塑造一个能够集中象征他们整体精神的圣人。也就是说,更愿意相信并且信仰一个能够始终直接面对学术自身并以学术自身为至高无上之荣誉的唯一的圣人何其芳,一个永远怀抱着赤子之心知其不可为而为之的诗人何其芳。因此,传说的故事中何其芳的所有优点,都凝聚了文学所人对文学所集体真精神的理解,文学所人把对文学所真精神的理解全都托付给了何其芳,而何其芳也的确能够不辜负大家的期望。这真是文学所之幸!也是文学所人之幸!在《文学遗产》创刊四十周年之际,主编徐公持先生题词:"学术荣誉至高无上!"其中,我分明听到了当年何其芳内心的声音,也听到了当年的那些大师们无言的赞许。

五

  1976年春季或夏季的一天，家父携其长子（也就是我本人）前往何其芳在东单的寓所，那年我二十四岁，正值插队探亲回家闲来无事，去就去吧，反正我还没见过这位父母的证婚人。这是我生来第一次也是唯一的一次见到何其芳本人，在我的印象中，何其芳个子不高，背有些驼，高度近视，行动已不大便利。我不知道这印象是否只是我今天回忆的"应该如此"，而1976年的何其芳其实并非这样的衰老，但验之何其芳夫人牟决鸣为《何其芳诗稿（1952-1977）》⑨写的《后记》，何其芳当时确已重病在身。

  老朋友多年不见，何其芳兴奋得话不停歇，竟容不得家父插话："你来谈谈，我反而觉得［病］好些！"家父只好打趣："其芳同志谈话，既没有顿点，也没有逗点，直到谢客，才算打了一个句号。"因为都是诗人，话题中间自然少不了李、杜。

  焉知二十载，重上君子堂。
  昔别君未婚，儿女忽成行。

      ——杜甫：《赠卫八处士》

应家父留个"友谊的纪念"的请求,情难自禁的何其芳就从笔筒里取出毛笔,伏在宣纸上吭哧吭哧一个字一个字费了好一个时辰,为家父写下了下面的这段话:

今年暮春,游成都杜甫草堂,其时群花凋谢,唯庭中垂丝海棠数株,犹繁花盛开,似迎游人。回北京后作诗记之。一九七六年八月二十九日书吕剑同志补壁。何其芳(何其芳印)

诗,则是一首七律:

文惊海内千秋事,家住成都万里桥。
山水无灵助啸咏,疮痍满目入歌谣。
当年草屋愁风雨,今日花溪不寂寥。
三月海棠如待我,枝头红艳斗春娇。

有时,我又怀疑当年的我是否真的曾随父亲拜访过何其芳,也许只是因为我太想见到文学所"老人"们口中传奇式的圣人何其芳了，所以一直幻想着我们之间曾经的会面（据父亲回忆，他并不曾携我拜望何其芳）。而且，即使我当年真的见过何其芳，我对那次会面的记忆也有重大误差，比如，会面时何其芳只是口头上答应了家父的请求，以他当时的身体状况，不可能立即"欣然命笔"一挥而就地完成百余字的字幅。数日之后，何其芳才给家父来信："条幅已写，有空时就带印泥来……"其间家父已为何其芳刻制了一方汉隶风格的私人印章，何其芳家中没有现成的印泥，故特别提醒家父带印章时不要忘了再带上印泥。

牟决鸣先生于何其芳去世后编《何其芳诗稿（1952-1977）》收入了曾书赠家父的这首《杜甫草堂》，写作时间是：1976年8月23日（六天以后的8月29日，何其芳就把这首诗抄赠给家父）。诗的最后一句原作"三月海棠似待我，枝头红艳竞春娇"，抄写给家父时，何其芳把其中的"似待我"改作了"如待我"，把"竞春娇"改作了"斗春娇"。

牟决鸣先生还把何其芳本来是书赠家父的字幅以"作者手迹"的名义用在《何其芳诗稿（1952-1977）》一书的扉页，手迹上该诗的最后三个字作"不胜娇"而不是"竞春娇"，也不是"斗春娇"。"书吕剑同志补壁"同，署名"何其芳"亦同，但没有加盖家父专为何其芳刻制的"何其芳印"。可见何其芳应了家父之请以后，曾试写过多幅。又一次见面时，何其芳对家父说："我为你练习了四张。"何其芳指着其中的一张："我觉得这一张稍好一点儿，任你挑吧！"

我想，有可能何其芳平日很少专门写字更不要说写了字送人，因为他自认为"不会写字"，但一二老朋友要他写他倒也愿意，即使字丑也不怕见老朋友的笑。也许，正是因为何其芳很少留下什么"墨宝"，牟决鸣先生不得已才用了专门题名书赠家父的字幅。当然，也多亏了家父当年的请求，何其芳为后人留下了珍贵的手迹。

字的确不能说很好，但如其人，满纸扑面而来的都是诗人的书卷气息，家父认为"清癯可喜，拙中有巧，很耐看"。但让我说，每个字都似乎有些站立不稳，将要摔倒，"战战兢兢，如履薄冰"可以当之。1976年8月的夏天的确也如杜甫当年那样"山水无灵""疮痍满目"，何其芳一定相信，在近似的"语境"中诗人和诗人更能够心心相通（何其芳始终钟情于杜甫），不然，杜工部老何能借海棠以迓己，难道古人真的有话要对自己说吗？

我不知道何其芳的内心是否如我所猜想，但我认为，每一个文学所的"老人"都相信他们有十分的把握能够揣测所长何其芳的内心，因为何其芳的内心对于所有的文学所人来说都不是谜，何其芳的内心始终是坦荡的，向着所有的人敞开。尽管身居所长的职位，何其芳要小心谨慎地应对各种各样复杂的事情，但他始终能以简单应复杂，以诗人之心、赤子之心、圣人之心度世人之腹。我想，这就是何其芳能够感动所有文学所人的理由。

"在没有诗的时代，诗人何为？"但诗还在，在真正的诗人的内心，尽管何其芳在《夜歌与白天的歌》的《后记》里说过，1942年春天以后，就没有再写诗了。1942年，对于中国现代文学来说，这是一个怎样的年份！从此，写不出诗，写不出令自己满意的好诗让何其芳感到痛苦并不断地自责，到了晚年，在书赠给家父的《杜甫草堂》的一条注释中，何其芳以老杜自比，为再写不出好诗宽慰自己："杜甫定居成都后，写好诗很少，他的精彩作品多是出于颠沛流离之中，成为颠沛流离生活的追述。"但这也不能抹去何其芳心中的阴影，直到他去世。

我激动的歌声你竟不听，
你的脚竟不为我的颤抖暂停！
像静穆的微风飘过这黄昏里，
消失了，消失了你骄傲的足音！
呵，你终于如预言中所说的无语而来，

无语而去了吗？年轻的神？

——何其芳：《预言》，1931年秋

但文学所的"老人"们不这样看，他们不认为诗神早早就离开了何其芳，他们把何其芳任文学所所长期间的业绩也视为一首诗，更把何其芳本人看作一首真正的诗。文学所人有幸与真正的诗人、赤子和圣人同行，文学所人因此而感到有福。所以我想，只要文学所人还在，有关何其芳的故事就还要讲下去，因为，这是文学所人精心维护并继续创造由何其芳以及当年所有的学术大师们共同开启的文学所真精神的最好办法。

2007年2月在父母"半分园"家中再瞻何其芳手迹

北京西城车公庄中里8号楼2单元201号

注释：

① 本文的节录版发表于《读书》2007年第5期，收入《中国文学年鉴》2007年卷，中国文学年鉴社2008年。

② 在我的记忆中，父亲的书柜里的确摆放过一本苏联人巴夫连柯著、草婴译的长篇小说《幸福》，"文革"初期被抄家后再

不见了。我一直认为，这本书是家父家母结婚时，何其芳送给家父家母的祝福礼物。但家父家母1951年结婚，而该书的草婴译本1953年才由上海时代出版社出版，故我的记忆只是我个人对何其芳的执念。

③ 学部：中国科学院社会科学部的简称，中国社会科学院的前身。

④ 宝卷：宋元以来民间宗教的经卷，宝卷的内容可讲、可唱，故属之于唱本。

⑤ 吕剑：《忆何其芳同志》，收入吕剑著《一剑集》，上海文艺出版社1983年版第128—144页。本文叙述家父与何其芳的友情与交往情况均见《忆何其芳同志》。

⑥ 关于"中国文学史主流"的论述主要见于何其芳1959年在文学史讨论会上的发言，而不是1961年在少数民族文学史讨论会上的发言，我的阅读记忆有误。但在1961年的发言中，何其芳同样讲到，一般性的民间文学作品"从思想内容的广阔和深厚说，从艺术成就的卓越说"，是不能和一些伟大的作家作品相提并论的。（参见何其芳：《文学史讨论中的几个问题》《少数民族文学史编写中的问题》，收入《何其芳选集》第2卷，四川人民出版社1979年版第346页、第502页。）

⑦ 本文2007年发表以后，引起了一些人的误解，因为他们把传说叙事当作了史实叙事。"何其芳主持评职称是否'一人说了算'……最近看到李文先生的一篇文章，又一次提到何其芳评职称事，其中一些提法让人觉得不妥。王平凡老人说：'《学者要勤于写作》（李文：《中国社会科学院院报》2009年3月17日第12版）是一篇好文章，我作为一个学科组织工作者，很受启发。但文中提到何其芳主持评职称"一人说了算"，这种说法使我感到不安。'作者说：'当年，何其芳在评职称的事上为何"敢"一个人说了算？这当然因为他是一个令人信服的学术权威。'这种说法，已在学术界引起关注。我又想到，2007年5月23日文艺理论家陈涌给我来信，信中说：'前些天从《报刊文摘》看到一则有关过去文学所评职称的叙述，尽管是好意，但说何其芳一个人说了算，大家都没意见，这简直是胡编……'他从报上剪下来（吕微：《简单的公正：何其芳主持评职称》）贴附信给我。陈涌同志当年任现代文学组组长、学术委员、党委成员，他参加了评职称全过程。他希望我能排除顾虑，实事求是地介绍文学所评职称的情况及其他重要问题。……我们根据两位所长的意见，修改了内部定的名单。一级研究员三名：钱锺书、俞平伯、何其芳（何自己改为二级）……当时充分发扬学术民主，三番五次，

调查来调查去，最后和本人见面……据陈涌回忆说：'何其芳在会上公开表示，把俞平伯评为二级，给我评为一级，我是他的学生，而且都在一个所，老师是二级，学生是一级，这是不行的。当时他说的这话起了一定作用。何其芳比较冷静，这给我印象很深。'……名单初步确定后，召开学术委员会讨论。有的学术委员不同意俞平伯定为一级，因他刚受到全国性的批判。后经何其芳反复说明，并报中宣部批准，才定为一级……对每个研究人员的评定，是充分听取学术委员会讨论后的结果。所党委特别尊重郑振铎所长的意见，绝不是何其芳个人说了算。当年文学所评定职称充分体现了学术民主作风，这给大家留下了深刻印象。"（见王平凡口述，王素荣整理：《文学所往事》，金城出版社2013年版第209—211页。）"1956年……根据所领导的意见，我们提出定研究人员职称的初步名单，其中一级研究员有钱锺书、俞平伯、何其芳（何将他自己一级改为二级）。我们在征求学术委员会意见时，党外专家提议：给俞平伯定二级，何其芳定一级。后来，在学术委员会讨论定职称时，何其芳同志恳切地说：俞平伯先生是具有真才实学的专家，而且在社会上是有影响的，应定为一级研究员。他是我的老师，老师定为二级，而学生却定为一级，这是不行的。我们不能因他受了批判，而影响晋升职称。他还说，我把我的意见报中宣部，已得到领导同意。他这种合理的意见，得到学术委员会一致赞同。钱锺书、俞平伯、何其芳都被评为一级研究员。"（同上书，第282-283页）——笔者2019年7月补注。

⑧ "1972年，何其芳从干校回北京，经过几次检查，军宣队的领导认为可以通过了，决定解放他，让他表个态：声明对在'文化大革命'中批斗过他的群众不打击报复。一般人会认为，这个态容易表。可何其芳坚决不表这个态。他的理由很简单：我过去对群众就没有打击报复过，今后也不会。我没有这个缺点，用不着说克服我不存在的缺点的空话。"（见马靖云：《永远的怀念》，转引自翟鹏举等：《论何其芳的精神》，收入《何其芳学术讨论会论文集》，四川万县师范专科学校、四川万县文化局，1987年，第19页。）

⑨ 何其芳：《何其芳诗稿（1952-1977）》，上海文艺出版社1979年版。

阿卡琉斯的愤怒与孤独

——祁连休《中国古代民间故事类型研究》读后^①

> 女神啊,请歌唱佩琉斯之子阿卡琉斯的愤怒……
>
> ——［古希腊］荷马《伊利亚特》第一卷

一

祁连休先生著《中国古代民间故事类型研究》一书由河北教育出版社出版了,全书九十八万字,分上、中、下三卷(册)。^②我查阅了《后记》的写作时间,是2004年5月18日,大概这就是先生给出版社交稿的时间吧!从那一天起到现在,整整三年过去了,三年,河北教育出版社用了整整三年时间反复校对书稿,终于在2007年5月用典雅素朴的装帧、无可挑剔的印刷、适中的价格向学界和读者平静地但是郑重地推出了这部纯粹的学术专著。

什么是"纯粹的"学术专著?难道学术著作还有纯粹的和不纯粹的之分吗?我翻检了全书三册的前后书舌,除了在书舌的一角用小号字体悄然印上了责任编辑邓子平先生和郝建国先生的名字，没有时下流行的、张扬的作者照片和华丽的介绍文字。我想，当读者端详这本书的外观时，除了知道有个名叫祁连休的人不惮千辛万苦写了一部名为《中国古代民间故事类型研究》的书，不可能再知道得更多了。但是，正因为没有找到我所期望的介绍作者的文字，似乎，我反而听到了先生在我耳边的督促："不要问我是谁！就开卷读书吧！我的一生都在这本书里了。"

先生生于1937年，四川崇庆人，1959年二十二岁时毕业于四川大学中文系，旋以优异成绩被分配到中国社会科学院文学研究所民间文学研究室工作，是文学所"何其芳时代"的年轻人，③直到退休，没有离开文学所。先生从民间室退休前的几年，我有幸与先生在民间室共事，对先生有所了解。先生中年丧妻，现在的夫人是冯志华先生，膝下有一儿二女，都已成年。先生前妻的老母尚健，住在四川老家，先生几乎每年都要回老家一趟，为的就是看望年过九旬的岳母。先生退休前一直任文学所民间室的主任，长达十余年，却没有机会被聘为博士生导师。出自祁门的学生不多，只有三名硕士：高丙中、崔燕、武红玉。除了高丙中现为北京大学教授、博士生导师，其他二人，一在香港，一在德国，近况不详。

先生言辞不多，但爱开玩笑；容易激动，不乏偏执；即使与熟人交谈，也总显得有些坐立不安，希望尽快结束话题。背地里，我们这些室里的年轻人（其实都已是中年人）戏称先生为"愤青"。先生看不惯的事情很多，凡世界上所有的不公不义都在先生的斥责声中。与先生共事的几年里我发现，每到上班时间，其他研究室的几位先生最忠实的追随者总要先到民间室问一声："老祁来了没有？"如果先生已经进门，他们就会坐下来和先生说上几句话，有时也没话，就是坐上一会儿，然后起身告辞，先生也就点点头，并不挽留。终于有一天，我猛然醒悟，原来先生的追随者们即使不全是"老弱病残"，也都属于文学所的"弱势群体"。我想，他们之所以跟随先生，一定有我不知道的原因，也就是说，在我进所之前，一定发生过什么事情，正是这些事情让这些弱者开始追随在先生的左右。

但是，需要发生什么事情吗？也许根本就不需要什么事情发生！如果非要说发生过什么事情，那么这件事情只是发生在人的内心，因为，在文学所这个单位里（文学所当然也是一个单位），每当不公不义的事情即将发生但还未发生的那一刻，先生就已经愤怒了。先生愤怒时就像一头雄狮，而当雄狮还在准备咆哮而尚未咆哮时，不公不义已开始伺机退却，因为有永远准备咆哮的雄狮在，不公不义始终没有成为事实。显然，这鼓舞了先生周围的弱者，他们开始聚集在先生的身边，有先生在，他们会感到安全，即使雄狮并没有咆哮。我于是想起鲁迅先生那首写猛虎的《答客诮》：

> 无情未必真豪杰，怜子如何不丈夫？
> 知否兴风狂啸者，回眸时看小於菟④。

我不知道在文学所，有多少人曾受惠于先生的愤怒，但我可以断言，先生是文学研究所这个也是社会性的单位里名副其实的民间英雄。但就是这样一位民间英雄和愤怒的雄狮，却用世界上最平静的语调、最干净的文字，以一人之力、倾毕生心血写下了这样一部近百万字的学术巨著——《中国古代民间故事类型研究》。

二

在简短的《后记》中，先生这样写道："笔者即将奉献给学界同人和读者朋友的这部有关中国古代民间故事类型研究的专著，写作时间长达五年光景，且不说还有一个相当长的前期准备阶段。"先生没有解释"相当长的前期准备阶段"究竟有多长，但是，如果让我说"一辈子"，那绝不为过。

先生于20世纪50年代末到文学所民间室工作以后就开始致力于民间故事的研究，在各种类型的民间故事中，又特别于机智人物故事用力最勤、最多，以至先生的挚友、蒙古史诗专家、人称"老蒙古"的仁钦道尔吉先生竟敢说：研究机智人物故事，祁连休是"世界第一人"。但不幸的是，研究机智人物故事，先生也是"天下唯一者"。先生出版过多部研究机智人物故事的专著，但在学界始终影响不大，因为在学界，除了先生，再没有第二个人像先生那样倾毕生精力却只为研究这一个课题，数十年来先生没有对话者，先生太孤独了。我不知道究竟是孤独、偏激的性格促使先生从一开始就选择了冷僻的课题，还是冷僻的研究课题造就了先生一直孤独且偏激至今的性格？

> 落日楼头，断鸿声里，江南游子。
> 把吴钩看了，栏杆拍遍，无人会，登临意。
> ——辛弃疾：《水龙吟·登建康赏心亭》

先生的著作也不为一般读者广泛接受，原因之一是先生的文笔太干净了，干净得近乎枯涩，先生惜墨如金，以至于竟不肯多用一个形容词。先前我总以为，由于民间故事本身阅读起来就让人兴味盎然，因此像先生的《中外机智人物故事大鉴》这样的专家之学也能够雅俗共赏；但是，由于先生为了节约篇幅把所有的文言、方言故事和外国故事通通用现代汉语的普通话重写一遍一律变成了"故事梗概"，剔净了皮肉只悬挂出骨骼，结果：这部著作既不为学界所重，在读书界也没能"热"起来。想当初，《吕氏春秋》成书，秦相国吕不韦使人"暴之咸阳市门，悬千金其上，有能增损一字者与千金，时人无能增损者"，高诱以为"时人非不能也，盖惮相国畏其势耳"（**东汉高诱：《〈吕氏春秋〉序》**）。但是，若用"时人无能增损一字"来形容先生的笔墨却是实情。

　　想起来，先生从研究机智人物类型故事始，扩展到所有民间故事的类型研究，走过了四十多年的路程，用先生的夫人冯志华先生的话说就是："你祁老师摸了一辈子的故事。"先生对"五四"以来搜集、整理的各种类型的故事文本了如指掌，说起哪本书、哪本杂志甚至哪本内部资料集里有哪篇故事的异文简直是如数家珍。正是在民间文学的故事海中摸爬滚打的这几十年，为先生在退休以后立志完成"中国古代民间故事类型研究"的课题打下了坚实的基础，在这个意义上，说《中国古代民间故事类型研究》是先生一辈子学术的集大成之作,凝结了先生毕生的心血,是毫不为过的。

三

现在,让我来简要解释一下什么是民间故事的"类型"。

这是我们每个人都具有的常识:故事是由不同的情节成分即一个个"故事单元"相互接续而成的。当我们在一个故事中发现了几个特定的情节单元固定的组合方式,我们就可以称这种组合方式为一种"类型",同时也称这个故事为一种类型化了的故事;进而言之,一个特定故事的情节单元的固定组合方式一定不同于其他故事的情节单元的固定组合方式。由于不同的故事是由不同的情节单元以不同的固定方式组合而成,所以我们能够在聆听和阅读故事的时候辨认出它们所分属的不同类型[⑤]。

问题在于,你凭什么说某个情节单元就是一个固定的故事成分,说一个情节成分是一种故事单元不能根据我们对一则故事的内容所做的划分,我们就是把这个故事的内容分解到最后,我们也不敢说在其中划分出、辨认出故事的单元成分。对故事单元成分的划分和辨认必须仰仗对其他故事的广泛阅读和聆听,也就是说，唯当我们在不同的故事中发现了相同的叙事成分以后，我们才能够断言，故事中的重复部分亦即人们在讲述各种不同的故事的时候所反复使用的叙事成分，就是构成故事的情节单元。

这就是说，我们对于故事情节这一故事的单元成分的辨认实际上取决于我们对相同故事以及不同故事的广泛阅读与聆听；进而，我们对于不同故事类型的辨认同样依赖于我们对于相同故事甚至不同故事的广泛接触。只有在广泛接触的经验基础上，我们才能辨认并确认一个被讲述、被记录的故事是否是一个已被类型化了的故事。于是，当我们说一个故事是一个类型化了的故事的时候，或者，当我们说到一种故事类型的时候，我们一定已经用经验的事实证明了这是一个被重复讲述的具有相同或不相同的情节组合的故事。是否被重复讲述，是否能够用特定情节单元的固定组合方式反复地讲述，是我们据以判断一则文本是否属于类型化故事或故事类型的理论和经验基础，而一旦确定了这样的理论基础和经验事实，我们就能够重新考虑整个叙事文学的基本属性。

换句话说，只要我们在某个叙事作品中发现了被反复使用的特定单元成分和固定组合方式，我们就可以据此经验事实证明：这绝不是一个纯粹的个人创作，而是有着深厚的民间传承、传播基础甚至就是民间叙事本身。这样,我们就能站在一个新的方法论的基点上重新估价整个叙事文学,即把整个叙事文学建立在民间传统的基础之上,从民间文学而不仅仅是从作家文学的角度给予价值重估。于是,当年胡适关于"一切新文学都起源于民间"的宣言就从直观的判断转变为理论的假设,并且这个理论假设能够用科学方法发现的经验事实来证明。显然,这是一项宏伟的抱负,而先生竟以一人之身、独自之力完成了这项重新奠基的伟大工程的重要一环。⑥

这里有一个问题,如果有一个故事以异文的形式在古代文献中反复出现,我们固然可以断言这是一个已经类型化了的故事;但是,如果一个故事在古代文献中仅仅被记录过一次,并没有其他相关的异文重复出现,那么,先生凭什么也断言这同样是一则类型化了的民间故事?显然,先生的经验判断所依据的并不仅仅是古代文本。我已经说了,先生一辈子都在民间的故事海中游泳,对于口传故事及其记录文本烂熟于心,正是这"一辈子"的阅读经验给了先生以足够的信心,使得先生能在只有一个故事文本被古代文献所记录的情况下,也敢于断言该故事的民间属性。因为,尽管只有一个文本被古代文献所记录,但该故事的其他异文却反复出现在当代民众的口头讲述中,正是当代民众口头讲述的该故事的众多现代异文,让先生能够确认⑦那则"偶然"被记录的古代文本也是一则民间故事。⑧

现在,读者可以理解为什么我始终在强调,先生几十年如一日地跟踪现代民众口传故事的阅读经验⑨如何为眼前这本《中国古代民间故事类型研究》打下了坚实的基础,进而,说《中国古代民间故事类型研究》是先生毕生学术的集成,是先生毕生心血的凝结,绝非虚言妄语。我相信,在当代中国民间文学界,没有几人能够完成这样伟大的工作和浩瀚的工程,而先生就是其中之一。

这是怎样的一个阅读量啊!且不要说书后列出的近五百种古籍,那些没有列入"主要引用书目"的五四以来成百上千的正式出版物、非正式出版物我们还不知道有多少,先生还"格外关注"《中国民间故事集成》。20世纪80年代至90年代,中国民间文学界在钟敬文先生的领导下启动并实施了民间文学(歌谣、谚语、故事)普查的国家学术工程。今天,中国的民间文学工作者已经编印了两千多部民间故事的县卷本,还完成了大部分省卷本的出版工作(先生的夫人冯志华先生就在"中国民间故事集成办公室"工作,在钟敬文先生的领导下,冯志华先生为"集成"省卷本的出版作出了默默无闻的重要贡献)。对于"故事集成"的成就,先生给予了充分的肯定,尽管先生在私下里也曾对我指出"集成"的不足之处。我相信，没有"集成"两千部县卷本和几十部省卷本的阅读作基础，先生的《中国古代民间故事类型研究》不可能达到如今的学术水准。

请看书中的如下断语：

古今发展一直健旺的民间故事类型……数量将近一百一十个，占中国古代民间故事类型的五分之一强。其中，时间较早的，即出现于先秦至于宋元时期的故事类型五十余个，将近半数。（第20—21页）

古代发展健旺、现当代稍有流传的民间故事类型……此种故事类型，共有九十余个，占中国古代民间故事类型的五分之一弱。（第23—24页）

古代发展健旺、现当代已基本上不再流传的民间故事类型……此种故事类型，共四十余个。（第26页）

…………

同样肯定性、统计式的断语在书中所在多有，而且我发现，先生特别喜好作出这样肯定性、统计式的断言。我相信，没有经年累月的阅读调查，没有竭泽而渔、地毯轰炸式的材料梳理，没人斗胆敢于发布这样的宣言。而当先生以如此坚决、坚定的语气发布这样肯定性、统计式的宣言时，先生的心中一定充满了无比的自信和自豪。先生是在用这一组组的统计数字告诉我们，只有在经历了一个又一个孤独的日日夜夜之后，我们才能真正领悟：究竟什么是学术？以及什么才是学者的生活？学者的生活就是学会把愤怒转化为孤独；而学术就是学会忍受孤独的人生。

四

先生敢于在古代文献中只有一则记录的情况下就宣布该文本记录的是某种类型的民间故事，源于先生所依仗的卡西尔所谓的启蒙哲学方法论。尽管先生在书中对这种方法论并没有自觉的表述，但先生运用起来从来都是得心应手，因为这些理论方法早已浸润在先生的血液中。所谓启蒙哲学的方法论，对先生来说就是用逻辑来把握历史的方法，在这方面，我认为，没有人比马克思的阐述更为明白而深刻。

与一般进化论的方法论直接用简单社会的结构分析来理解复杂社会不同（19世纪的名言"理解了起源也就把握了本质"，此之谓也），马克思却是首先对复杂社会进行结构分析，在把复杂社会还原为简单结构的基础上，再把复杂社会的经过了还原的简单结构视为理解简单社会的入室门径。马克思曾用一句生动的比喻说明了他的逻辑分析和历史建构的方法论原则：唯当在高等动物那里实现了器官特化，低等动物尚未发展的相应器官在发生学上的意义才能够被充分理解。

马克思举例，当原始共同体的社会生产还局限于某种特殊劳动比如狩猎、畜牧或农耕劳动时，人们不可能认识生产的社会本质——"劳动一般"。一般意义上的劳动只有在共同体的各种劳动形式都得到了充分发展，乃至各种劳动形式之间能够相互交换进而形成社会化大生产的时候，人们才有可能认识社会生产的普遍本质——"劳动一般"。这样，马克思通过对现代社会、复杂社会进行结构分析，一方面把握了现代社会、复杂社会的本质属性，同时也追溯了现代社会、复杂社会的历史起源。

马克思认为，不仅现代社会、复杂社会起源于"劳动一般"，社会性的人类自身也是劳动本身所创造的。这就是说，人类社会以及人类自身的历史起源并不能在历史时间中追溯，而只能在人类当下的社会空间中发现，正是通过对当下社会进行结构分析，马克思才发现了人类社会以及人类自身发生学的逻辑起点，而这个逻辑的发生起点就是人类和社会真正的历史起源。真正的历史起源并不自明地在历史时间的尽头自我显现，而就隐藏在社会空间的当下和内部，我们只有发掘出当下社会空间内在的普遍结构和普遍本质，其所揭示的人类社会及人类自身的发生学逻辑起点才能在历史时间的源头显现其自身。

先生的故事类型研究方法和马克思的启蒙哲学理论方法是一致的。先生对类型化故事的辨认也依赖于故事的充分发展，以此，先生才能够辨认出历史上或现实中的某一个别的故事文本是否具有"类型一般"的性质。对于先生来说，故事类型的历史起源并不在时间之初而就在现实的空间当中，在一个故事得以充分发展的社会与时代。

不独先生，现代以来，世界各国研究民间故事的学者所运用的也都是启蒙哲学所提供的理论和方法。不同的是，在不同的国度，学者们研究故事类型的语境化目的不尽相同，在19世纪的欧洲学者那里，研究民间故事是因为学者们"愤怒"于民族没有历史的根基，而在20世纪的中国学者这里，研究民间故事是因为学者们"愤怒"于民众没有社会的地位。正是以此，胡适才"愤"而提出了"一切新文学都起源于民间"的"文学改良"宣言，而先生毕生的工作正是这一"愤怒"的思想宣言的"孤独"的学术实践。

五

当然，从今天的学术进展来看，启蒙哲学的理论方法已显现出自身的局限，在民间故事类型研究领域，这样的局限也十分明显。然而，先生的民间故事类型学研究在众多同类研究成果中独树一帜，进而在有些地方甚至超越了启蒙哲学所规定的学术范式，这不能不说是先生高明于同时代学者的地方，而这一点经常令后辈学者的我们倍感惊异。

从一定意义上说，《中国古代民间故事类型研究》可以作为一部中国古代民间故事类型索引的工具书使用。编制民间故事类型索引的工作始于现代芬兰的民间文学学者，编制故事类型索引最初的目的就是上文所说的为了追溯本民族乃至世界各民族民间故事的历史起源。世界民间故事类型索引（The Types of the Folktale）的浩大工程最终由芬兰学者阿尔奈（Aarne）和美国学者汤普森（Thompson）完成，在他们编制的"索引"中所使用的故事分类法就被称为A-T（即Aarne-Thompson）分类法。A-T分类法由于使用方便，如今已得到世界上研究民间故事的学者们的普遍认同，学者们沿用A-T法分别编制了本国、本民族的民间故事"索引"。

由于A-T民间故事类型索引囊括了世界各国的民间故事唯独把中国等少数国家和地区排除在外（非不为也是不能也），曾引起中国学者长时间的"愤怒"，数十年来，按照A-T分类法编制一部中国民间故事类型索引的工具书成为中国学者的一块心病。当然，不是没有学者做过这方面的努力，德裔美籍学者艾伯华、美籍华人学者丁乃通都曾以一人之力编纂过中国民间故事类型索引的工具书，只是规模都有局限。特别是在20世纪80年代以后，随着"中国民间故事集成"陆续成书，编制一部能够囊括全部"集成"故事的类型索引已提上议事日程，而在为数不多的有识者和呼吁者当中，先生就是一位。

但是，由于此项工程极其浩大，非学者群体的团队合作不能成功，因此，尽管有个别学者一直着手于局部的前期准备，编制全国范围的类型索引的国家工程始终没能起步。正是在几度呼吁不成的情况下，先生才愤而起，起而行，行而果，最终以一人之力完成了这部《中国古代民间故事类型研究》的学术专著，为来日编制贯通古今包括各个民族民间故事类型的大型检索工具书奠定了一个方面的切实基础。

工作伊始，先生遭遇的第一个问题就是是否沿用A-T分类体系作为中国民间故事类型的判断标准。实际上，A-T法被推广到全世界的几十年间早已暴露出一些问题，其中最大的问题就是，当我们将某一个民族性、文化性的民间故事类型模式——情节单元的组合方式——上升为世界性的范畴时，民族性、文化性的类型模式就会从经验的概括转化为"先验"的规定。而一旦我们把这种"先验"的规定视为世界性的范畴，那么，为了让民族性、文化性的自主产品进入世界性的体系，民族性、文化性就必然遭受自我摧残，这样的事情在编制民间故事类型索引的工作中会经常遭遇。

先生举例说：操作A-T类型分类法研究中国民间故事，会出现将中国故事削足适履以适应A-T法的尴尬：或者A-T法的类型规定过于宽泛；或者按照A-T法的类型标准，会将一个完整的中国故事分割、归属于几个A-T故事类型。前者如丁乃通《中国民间故事类型索引》的400A［仙侣失踪］型故事就包罗了中国本土的董永行孝型和羽衣仙女型故事，888C★［贞妻为丈夫报仇］型故事则包罗了本土的孟姜女型、连理枝型故事，而1341C1［胆小的主人和贼］型故事包罗了请贼关门型、藏贼衣型等本土故事。后者如中国本土的仨马虎型故事由《中国民间故事类型索引》中的1288［笨人寻腿］与1293［笨人溺毙］这两个类型的故事所组成。正是看到了A-T法在具体使用中的这些尴尬，先生写道：

> 本书梳理和论析中国古代民间故事类型时，没有采用"AT类型分类法"，从故事类型的确定、命名、排列到论析，均基本上不涉及"AT类型分类法"。本书所论列的五百余个故事类型，完全是立足本国，从大量的古籍文献中梳理、概括出来的。每一个故事类型的确定，都是以中国古代民间故事类型自身的特点为依据的，其命名也是按照中国人的思维方式并且适当参照中国学者过去的一些做法来确定的。这样运作，不但可以关注"AT类型分类法"不涉及的传说类型，而且可以充分关注中国特有的故事类型，以期更好地展示中国古代民间故事类型的全貌。（第17页）

无论"中国人的思维方式"还是"中国学者过去的做法"这些想法能否实现或是否合适，先生的理想只是"述而不作"，即回到中国人、中国学者对自己的"讲故事"这一日常生活的存在方式加以命名的"事情本身"，用现象学的说法就是：回到可能性存在的事情本身。其次，在传说和虚构（狭义）故事之间不做区分的做法，也同样体现了先生的忠实于前概念的事情本身而不让经验的理论概念作茧自缚的实践精神（第13~16页）。这样，先生就在坚持传统的、经典的经验、实证研究的同时，因忠实于自己内心的声音并响应内心的召唤而最终超越了自己所熟悉的学术规范，从而指向了新的学术范式的可能性。而这也就是我在本章开始所说的"'纯粹的'学术著作"的意思，"纯粹的"既是"本己的""内在的"同时又是"超越的"。⑩如果说，在一个人的一生中，能有一两项发明，就已经该知足了，那么，先生所提供的创造，远远超出了此"一二"的大限，先生可以感谢上苍的赐予了！

六

如果我们进一步追问：究竟什么是先生内心的声音和内在的召唤呢？我想，这就是我在上文已反复提及的先生心中的"阿卡琉斯的愤怒"，而"阿卡琉斯的愤怒"正源于先生"我们必须保卫民间社会"⑪的永不妥协的立场，以及先生对拥有神圣智慧的民间（也许这就是先生心目中的"机智"之所在吧！）的无比的惊异、崇敬与爱。

"阿卡琉斯的愤怒"加上"阿卡琉斯的孤独"是先生那一代人理想中的学者人格：动如雄狮、如猛虎；静若处子、若上善之水。"铁肩担道义，妙手著文章"（**明杨继盛：《杨忠愍公集》**），先生当之，可以无愧。顺便说一句，先生是书法家，文学研究所的走廊里曾悬挂过一幅介绍本所历史的文字，就出自先生之手，字迹清秀，一尘不染，如今不知被谁摘走了。

《中国古代民间故事类型研究》一书的责任编辑之一邓子平先生与先生是多年的老朋友，他当普通编辑时就认识先生了，先生的几本著作邓先生都是责任编辑，如今，邓先生已从编辑室主任又提升到河北教育出版社社长、总编辑的职位。《中国古代民间故事类型研究》是邓先生向先生约的稿，我想一定是因为当社长、总编要处理的事情太多，就把这本书的具体编务交由现任编辑室主任郝建国先生处理了。

邓先生长得就像一位老农民，满脸是劳动者朴实的皱纹。那几年，因为先生和程蔷先生合作主编《中华民间文学史》的出版事宜，我与邓先生几次在先生拥挤的家中见面。邓先生和先生一样，话不多，但我看得出来，邓先生对先生极其尊敬，就像一位不识字的老农民（请邓先生原谅我这样的形容）尊敬私塾先生一样,不是因为先生正在教弟子们读书识字,而是因为先生教的都是"圣人之学"。我想,当邓先生捧过先生著作的手稿(先生不用电脑),读着那些肯定性和统计式的断语,一定也流下了像我今天一样的眼泪:

"升仙"奥秘型故事,历代共有十则异文……

辨毒平冤型故事,历代共有十六则异文……

"活佛"骗局型故事,历代共有九则异文……

寡妇讼子型故事,历代共有十二则异文……

真老乌龟型故事,历代共有六则异文……

一女三配型故事,清代以来共有异文七则……

观仙对弈型故事,历代共有异文十九则……

抄斩淫僧型故事,历代共有异文十一则……

虎口救亲型故事,历代共有异文十一则……

龙子祭母型故事共有异文二十七则,其中民间故事十五则,民间传说十二则……

驱走缢鬼型故事共有异文二十九则,其中民间故事十九则,民间传说十则……

聚宝盆型故事共有异文八则,其中民间故事三则,民间传说五则……

拾金不昧型故事共有异文十三则,其中民间故事五则,民间传说八则……

个个草包型故事共有异文八则,其中民间故事三则,民间传说五则……

…………

2007年6月5日晨,其时,东方已流出血红的黎明

注释:

① 本文发表于《民俗研究》2007年第3期;亦刊载于《文景》2007年第7期,总第36期;收入吕微:《民俗学:一门伟大的学科——从学术反思到实践科学的历史与逻辑研究》,中国社会科学出版社2015年版。

② 祁连休:《中国古代民间故事类型研究》,河北教育出版社2007年版。以下凡引此著仅注页码。

③ 见本书《何其芳的传说——何其芳逝世三十周年祭》。

④ "於菟":先秦楚语,《左传》宣公四年:"楚人……谓虎'於菟'。""小於菟"即"幼虎"。

⑤ "'故事类型核'通常由一个或多个母题（情节单元）组成。故事类型核是我们鉴别各种民间故事是否属于某一故事类型最主要的，甚至可以说是唯一的准绳。"（第3页）

⑥ "对于从事民间故事研究的学人而言，从卷帙浩繁的中国典籍文献里面搜寻、鉴别出民间故事，将其作为本学科的研究对象进行全方位、多角度的探究和论析，建立起中国古代民间故事研究的学科体系，仍然是今后一个十分艰巨的重大使命。"（第9页）

⑦ 祁连休先生称之为"印证"。（第7页）

⑧ 某些故事类型"在古代仅仅有个别作品存在，如若不将流布的时间加以延伸，把它与现当代涌现的诸多异文一并审视，就不容易认清其故事类型的特征"（第5页）。"对于世界性的民间故事类型来讲，尽管我们在中国古籍文献中只发现一篇作品，我们也能毫不犹豫地认定其民间故事类型的特征……而无须参照现当代口头流传的诸多异文。但是对于相当一批在中国古籍中仅有一篇作品的非世界性民间故事类型来讲，参照现当代采录的各种口传异文，方能作出准确的鉴别和认定。设若避开现当代口传故事资料，就难以判定古籍文献记载的一批故事是不是古代民间故事类型的早期形态，就不可能认定一批古代民间故事类型。"（第12页）

⑨ 即对"现当代口传资料的占有"。（第7页）

⑩ 如何理解先生学问的超越部分及超越性质，参见户晓辉：《类型：民间故事的存在方式——评祁连休〈中国古代民间故事类型研究〉》，《民俗研究》2007年第3期。

⑪ ［法］福柯著，钱翰译：《必须保卫社会》，上海人民出版社1999年版。

中国民间文学的西西弗斯

——刘锡诚《20世纪中国民间文学学术史》读后[①]

刘锡诚先生著《20世纪中国民间文学学术史》于2006年10月由河南大学出版社出版了。这是中国民间文学界的一件大事。尽管中国"有"民间文学这门学问已经百年，但至今还没有一部翔实的学术史著作对这段短暂而漫长的故事加以整理，加以综合，并将故事从头道来。因此，先生的这部近百万字（准确地说是九十八万字）的、内容难以想象地充盈的厚重之书，及时地填补了一项学术上的空白。书还没有出版，仍在开设民间文学课程的高校就有人来竞相打听了：确切的出版日期？以及，什么时候书店能够上架？

我说"仍在开设"民间文学课程是有所指的，而先生的书也正是为这些"仍在开设"和学习民间文学课程的高校教师和学生们写的。

几年前，国务院学位委员会决定将民间文学降为三级学科，导致许多高校文学系的民间文学课程［从必修课］变为选修课或干脆取消了，一百年来几代人文学者努力争取到的东西，由于这个行政决定的影响，不仅倒退到了1942年延安文艺座谈会之前，甚至倒退到了"五四"新文化运动之前［那种贬低民间文化的普遍社会心态］。许多老师和研究生都纷纷抛弃民间文学而转向民俗学或其他学科。②

现在，我们能够想来，那些"仍在开设"和学习民间文学课程，那些仍在守护着民间文学这块教学和学术园地的师生们将是如何地盼望着先生的这部具有拓荒性质的鸿篇巨制，因为先生的这部著作不仅是他们研习的教材，更是支撑他们人生选择的"圣典"。

而先生能以一人之力完成这样一部长篇力作，其实是在情理之中。

一

应该认为，西西弗是幸福的。……他也认为自己是幸福的。

尽管我历尽艰难困苦，但我年逾不惑，我的灵魂深邃伟大,因而我认为我是幸福的。

——[法]加缪:《西西弗的神话》③

先生和先生的夫人马昌仪先生同为北京大学俄罗斯语言文学系的毕业生。因为学的是俄语,先生与俄语民间文艺学结下了不解之缘。从20世纪50年代到80年代的四十年间,先生和马先生有多部俄语民间文艺学译著出版:《马克思恩格斯收集的民歌》④《民间文学工作者必读》⑤《苏联民间文学论文集》⑥《苏联民间文艺学四十年》⑦《高尔基与民间文学》⑧《俄国作家论民间文学》⑨……为中国民间文学界引进俄语世界的马克思主义民间文艺学,先生和马先生曾作出的贡献至今难有人超越。

当然,也许,应该反过来说,先生之所以与俄语世界的民间文艺学结缘,首先还是因为先生的民间文学情结。先生祖籍山东昌乐,1935年2月(春天)生人。1957年,从北京大学俄语系毕业进入民间文学界,到1997年正式退休以前凡四十年,因为工作需要,先生曾先后在中国民间文艺研究会、新华通讯社、中国作家协会、中国文学艺术界联合会任职。但是,由于20世纪五六十年代和80年代先生两度在民研会任职,当代中国民间文学界的许多重大学术事件先生都是亲历者,所以,尽管先生也是当代作家文学的著名评论家，但民间文学始终是先生一生中最拿得起却总也放不下的一份牵挂。

先生有记工作日记的习惯，当代中国民间文学事业的许多重大事件都保存在先生的日记里，甚至只保存在先生的记忆中，先生本人就是半部活的当代中国民间文学学术史。"从年轻时就曾投身于民间文学队伍的行列，从80年代中期起又重回此行里一连工作了八年，前后五十年来陆续积累了不少史料和做了一些笔记，没有这些积累，要做这样的课题是想都不敢想的。"（《绪论》，第16页）或许，其他人也能写出一部与先生的著作同样题目的书，但是，像先生这样亲历者的著作不是任谁都能写出来的。

当然，即使曾经亲历，一个人的见闻也是有限的，中国当代民间文学学术史是一部大书，更多的材料还是要多方搜求，于是，写信、打电话、查阅报刊，凡此种种繁重的劳作最后都落到一位七十多岁的上了年纪的人身上。"由于我的研究和写作，始终为个人独立完成，没有助手，借阅资料也颇困难，虽尽力而为……加上三年来夜以继日地工作，到最后已感筋疲力尽，体力难支。"（《跋》，第856页）这些都应该是真实的写照。

但是，如果我们追问：早已过了不惑之岁，"在步入古稀之年"以后，先生何以"决心写作这部规模如此之大的、带有拓荒性质的学术著作"?

> [本来这]实在是件自不量力的事情。所以下决心要写这本书,一是考虑到曾在民间文学工作岗位上前后工作了四十年之久,需要为这门学科做一点事情,至少是表达一下自己的学术观点,也算了结多年的心愿;二是这门学科虽然走过了一个世纪的漫长途程,却至今没有一部类似的书来梳理一下其发展的历史,总结一下它的成就和不足。……于是,我便不顾浅薄和年迈,在2003年春天下了这个决心。
> (《跋》,第854页)

言语当中,隐含着对仍处在学术前沿的中青年学者如吾辈的不满,因为这件事情本应该是我们这辈学者正在做或已经做的。因此,我几次对朋友们说起:面对着先生的这本厚重之书,至少是我自己感到由衷的惭愧。如果这件事情我们已经做了或正在做着,那么,本来是无须"七十从心所欲"(《论语·为政》)的先生身心劳顿的。

然而也未必。即使吾辈写出了一本同样题目的书,恐怕先生还是按捺不住自己动笔的冲动，因为，先生写作的根本目的实在是要"表达一下自己的学术观点"。那么在这本"重视对民间文艺学思潮和对有代表性的学者的学术思想的评论""力求把每个有代表性的学者放到一定的时段（历史背景上）和学术思潮中间，对他们的学术思想或著作的创见做出简明扼要的历史评价。把百年来多种学者的学术思想或著作的创见做出简明扼要的历史评价。把百年多种学者的学术思想排列与组合起来……"（《跋》，第856页）即这部先生用客观材料加以主观重构的学术发展史著作中，什么才是真正属于先生自己的根本的观点和立场呢？

二

当对大地的想象过于着重于回忆，当对幸福的憧憬过于急切，那痛苦就在人的心灵深处升起：这就是巨石的胜利，这就是巨石本身。

——［法］加缪：《西西弗的神话》

《20世纪中国民间文学学术史》全书包括《绪论》共七章

六十二节，所涉及的人物有二百多，如何把这么多的人物、刊物、团体用一条线索串联起来，或曾让先生为之踌躇。我仔细品味先生的用心，先生把人物、刊物、团体以不同"学派"的名义加以区分和联系的目的何在？"学派"，是先生对百年中国民间文学学术史进行梳理时的——用先生自己的话说——"一个重要的甚至是基本的视角"，当然也是先生在回顾已经逝去的学术历史之百年途程的时候，遭遇的"第一个问题"（《绪论》，第7页）。

先生这样看待百年中国的民间文学学术史：

> 并非由一种流派或一种思潮一以贯之，而是存在过若干的流派，这些不同的流派之间也互有消长。大略说来，前五十年，除了断断续续几十年之久的"民俗学派"而外，至少还出现过以乡土研究为特点的歌谣研究会；以沈雁冰、鲁迅、周作人为代表的"文学人类学派"；以顾颉刚、杨宽、童书业为代表的"古史辨"派神话学；以凌纯声、芮逸夫、吴泽霖等为代表的"社会—民族学派"；以郑振铎、赵景深为代表的"俗文学派"；以何其芳、周文、吕骥、柯仲平为代表

的"延安学派"等流派。（《绪论》，第7-8页。）

学派划分的原则大致是根据学者之间自然形成的、或紧或松的学术共同体，以及各自或异或同的研究对象和研究方法。

如果说，先生对于20世纪中国民间文学学术史上各种学派的划分不具有十分严格的命名逻辑，那么，先生对于学术思潮的认识则抵消了学派划分上命名的"语境性"。先生认为，尽管在百年中国的民间文学学术史上出现过这么多的流派，但实际情况是：

> 在学科内部，大体上有两种思潮：一种是以文以载道的中国传统文学价值观为引导和宗旨的文学研究和价值评判体系；一种是以西方人类学派的价值观和学术理念为引导和评价体系的民俗研究。这两种思潮几乎是并行地或错落地发展，既有对抗，又有吸收。（《绪论》，第7页）

从而形成了多种学派共存的格局。先生认为，百年中国民间文学学术史上形成的诸多流派归根结蒂是由上述两种学术思潮的相互作用所主导的。

尽管先生在学术史的论述中持论公允，但这并不是说先生没有自己的学术倾向，先生个人的学术倾向是鲜明的，先生是地地道道的民间文学研究的"文学学派"。先生对民间文学研究的"民俗学派"始终保持"警惕"。先生认为，如果中国的民间文学研究一旦为"民俗学派"所主导甚至被民俗学的"中国学派"所取代，那么就会最终取消民间文学学科本身。而这绝非危言耸听，就是当下的现实。先生认为，在国家学科体制中，民间文学从二级学科下调为三级学科，正是民俗学派抑制了文学学派进而把民间文（艺）学"含"在已改宗到社会学门下的民俗学的结果。

根据先生的一贯看法，民间文学和民俗学应该是两门相互联系但却相互独立的学科。在民间文学研究中可以有民俗学的视角，正如民间文学研究从来都有历史学、社会学、人类学（民族学）、心理学和语言学甚至哲学的视角。但是，这些其他学科所提供的视角仅仅是视角，其他任何学科包括民俗学都不应也不能代替"从文学的立场研究民间文学"的本体做法。如果越俎代庖，那就叫学科之间的"僭越"，而学科"僭越"的结果足以毁掉任何一门备受瞩目甚至地位崇高的学科，即使这门学科的历史源远流长，即使这门学科的根基曾经牢固。[10]

> 纵览百年来的中国民间文学学术史，确有一个"民俗学派"，而钟敬文本人，早年基本上可算是一个从文学的立场研究民间文学的学人，甚至有些乡土研究派的色彩，但到了晚年，却放弃了他的民间文艺学理念和对民间文学的研究，而全力倡导民俗学。（《绪论》，第8页）

在客观的现象描述背后，多少透露出先生对晚年钟老个人学术选择的遗憾。

先生对民俗学与民间文学相互区分的立场是值得同情的。下文，我将通过阐明自己的看法给予先生的立场以支持。在此，需要强调的是，民间文学与民俗学之所以需要特别加以区分，恰恰又是因为民间文学与民俗学，较之其他学科，的确有着更接近的亲缘关系。不仅引进的folklore这一学科概念既可翻译为民间文（艺）学也可翻译为民俗（学），在中国民间文学—民俗学诞生之初，早期的歌谣运动就已经确定了文艺和学术（民俗学）研究的"两个目的"，[⑪] 而且至今，在西方的一些民俗学学术大国，民俗学的研究对象仍然或主要是神话、传说、故事、史诗、歌谣、谚语等属于民间文学体裁的口头传统。[12]民间文（艺）学和民俗学之间的分分合合、恩恩怨怨，远非其他学科可以望其项背。

三

> 诸神处罚西西弗不停地把一块巨石推上山顶，而石头由于自身的重量又滚下山去，诸神认为再也没有比进行这种无效无望的劳动更为严厉的惩罚了。
>
> ——［法］加缪：《西西弗的神话》

在我的记忆中，先生对已经到文学研究所民间文学研究室工作的我曾寄予了莫大的期望。当我一踏入研究所的大门，当我竟然也担任了研究室的负责人，先生给予我的唯一的一次嘱托就是："无论别人怎么做，你一定要坚持民间文学的研究方向！"十多年了，我在文学所和民间室的岗位上已经工作了十多年，对于先生的嘱托，我一天不敢忘记。我总是在想，如果我不能完成先生的嘱托，那么，等到我退休的时候，我还能不能让先生承认我是他的学生？但是，我的所作所为，先生显然是不满意的。

之所以提起这段往事，只是想说明，先生为什么要以七十岁的高龄，以一人之躯勉力为之，试图去成就一个似乎难以逾越的学术屏障——"中国现代民间文学学术史"，先生是在对我们这些年青一代学人倍感失望的情况下，怀着对民间文学学科的满腔悲剧意识，投入到《20世纪中国民间文学学术史》的写作中的。先生是在用学术史的方式重构一个学科曾经的辉煌存在，从而为这个学科在未来的国家学术体制中争取到"或许还有可能"的位置，尽管先生清醒地知道，自己努力的效果极其微茫。为了自己从青年时代就投身其中的民间文学事业，上了年纪的先生竭尽自己日益衰减的影响力，不断地向有关部门呼吁。先生连续写了《向国家学位委员会进一言》[13]《保持"一国两制"好——再为民间文学学科一呼》[14]等一篇又一篇呼吁文章。

当然，尽管先生对我们这些年轻人感到失望，但是，先生在写作《20世纪中国民间文学学术史》的时候，仍然怀抱着对青年人的感情，因为，在先生看来，民间文学本身就是一门青年的事业。这不仅是说，在20世纪中国民间文学学术史上，凡杰出的成就，都是一些青年人在他们最年轻的时候所作出的贡献，因而青年永远意味着民间文学事业的未来，于是在先生对青年人的感情当中，总包含着对学科未来的期望；同时更是因为，民间文学永远意味着先生和马先生共同度过的青春岁月,因而是先生一生的情之所钟。

> 拙文发表后,有几位同好在报刊上撰文予以支持,发表了同样的见解,表达了同样的隐忧之情。[但是,民间文学学科的各个分支学科,除了神话研究、史诗研究以外,]大致处在涣散无闻、萧条寂寞的景况之中。也正是这一点,促使笔者在2002—2003年间思考并下定决心……不顾年迈体衰,不自量力地毅然向国家社会科学规划办公室申报了"20世纪中国民间文学学术史"这个研究项目,单枪匹马地去啃这块被搁置久矣而至今无人问津的"硬骨头",以期能梳理一下百年来民间文学运动和学术研究,从起伏兴衰中寻找历史的足迹和经验,对学科的建设有所助益。(《绪论》,第16页)

显然,《20世纪中国民间文学学术史》是先生在他的多次吁请之后所发起的一次"最后的斗争",但,这是一场"一个人的战争",前方没有敌人,身后几乎不见友军,战场上只有先生自己。

寂寞新文苑，平安旧战场。

两间余一卒，荷戟独彷徨。

——鲁迅：《题〈彷徨〉》

先生环顾四周，学科的青年人都在哪里？[15] 由此，我想到了加缪笔下的那位孤独的希腊神话英雄——西西弗斯。

四

在西西弗身上，我们只能看到这样一幅图画：一个紧张的身体千百次地重复一个动作：搬动巨石，滚动它并把它推至山顶；我们看到的是一张痛苦扭曲的脸，看到的是紧贴在巨石上的面颊，那落满泥土、抖动的肩膀，沾满泥土的双脚，完全僵直的胳膊，以及那坚实的满是泥土的人的双手。经过被渺渺空间和永恒的时间限制着的努力之后，目的就达到了。西西弗于是看到巨石在几秒钟内又向着下面的世界滚下，而他则必须把这巨石重新推向山顶。他于是又向山下走去。

——［法］加缪：《西西弗的神话》

现在想来，在中国民间文学学科内部，那股数十年来始终不离左右的民俗学"分离主义"倾向究竟意味着什么？如果把民间文学与民俗学之争置于一个"共时性"的学术思想和学术方法的平台上看，也许我们更应该这样看待二者之间的争辩：不是民间文学与民俗学学科对象、研究范围之间的相互蕴涵从而导致的边界不够清晰，而是二者之间，究竟应该继续走在人文学术（精神科学）的道路上，还是应该转而走向社会科学的前途问题？因此，民间文学的民俗学化实际上更深层次地反映了民间文学研究乃至民俗学研究的社会科学化倾向，⑯而这一倾向反过来又伴随着学科对象、研究范围从文化（文学、文本）层面扩大到生活（田野、语境）层面而更加复杂化了。⑰

其实，在早期的民间文学—民俗学学家那里，民俗学与民间文学一样属于精神科学的人文学术，至今，英国民俗学家博尔尼女士的教导言犹在耳：

> 简言之，民俗包括作为民众精神禀赋的组成部分的一切事物而有别于他们的工艺技术，引起民俗学家注意的，不是耕犁的形状，而是耕田者推犁入土时所举行的仪式；不是渔网和渔叉的构造，而是渔夫入海

时所遵守的禁忌；不是桥梁或房屋的建筑术，而是施工时的祭祀以及建筑物使用者的社会生活。民俗实际上是古人的心理表现，不管是在哲学、宗教、科学和医药等领域，在社会的组织或礼仪方面，还是在历史、诗歌和其他文学部门等更严格意义上的知识领域方面。[18]

今天的民俗学家，除了"民俗是古人的心理表现"这一条，可能仍然不会对博尔尼女士所云民俗学的研究对象是民众文化与生活表面背后的精神禀赋（亦即心理表现）的论断有所怀疑。[19]但是，与"更严格意义上的知识领域"（如"诗歌"等可以形成口头或书面文本）的民间文学不同，更多的民俗是以特定的组织和制度为背景的主体（人）非语言活动或行为，民俗学对民俗现象的研究越来越倾向于人类学式的参与观察或深度描述，于是，随着研究对象的范围日益扩展，民间文学的语言文本研究与民俗非语言活动、行为研究的"兄弟分家"迟早会酿成定局。

尽管兄弟之间迟早要分家，但是，在研究方法上，兄弟之间却始终没有异议，哥哥和弟弟始终都把经验、实证的方法，一句话，科学的方法置之学科的第一把交椅。换句话说，无论你面对是无主体的民间文学文本，还是主体性的民俗行为、民俗活动，都要运用经验研究、实证研究的科学方法去认识,而认识的前提则首先是把民俗、民间文学现象作为客观对象的"事实"呈现出来。[20]这就是说,不仅对民俗行为、民俗活动的观察要依赖于呈现和认识的直接性原则,对民间文学文本的记录同样被强调了呈现和认识的忠实性(科学采录)原则(先生认为,田野采录就是民间文学的经验、实证研究之一种)。

因此,无论研究民俗还是研究民间文学,建立在直观、明证基础上的科学方法始终是两派学者共同的学术语言。因此,当我们强调民间文学—民俗学研究需要一场社会科学转向的时候,我们一定要顾及:经验研究、实证研究的科学方法曾经且始终是民间文学—民俗学学者的一贯主张。但是,如果我们不希望"社会科学化"的命题所针对的"经典民间文学—民俗学的非科学性"沦为无的放矢之举,那么,我们就需要考虑:民间文学—民俗学社会科学化提议的合理契机究竟是什么呢?进一步说,民间文学—民俗学之社会科学化提议的实际效果又是怎样?

从晚近民俗学者对民俗文化与民俗生活的划分[21]可以看出,民间文学—民俗学的社会科学化提议起源于一代学者(包括晚年钟敬文)对民间文学文本研究之"去主体化"的反思。当他们认识到,对所谓体现了(劳动人民)主体精神的纯粹文本的研究结果,却是将文本抽离了它赖以发生的个人语境,使文本最终脱离了作为精神创造者的文本主体,上升为民族国家的象征符号,从而漂浮在个体主体之上,并且反过来制约了个体主体的创造性自由的时候,关于民俗语境的更加彻底化的经验性、实证性以及对象化的生活研究也就呼之欲出了。

显然,那时学界的普遍看法,不是认为经验、实证研究本身有什么不足,而是认为经验、实证研究的范围过于狭窄。在这样的认识条件下,当年的纯粹文本(文化)研究取向朝着生活研究取向的转移,民间文学研究的民俗学化,乃至民俗学研究进一步朝向更具经验、实证色彩的社会科学研究的转化,就是再自然不过的事情了。因为,对于诸如制度、组织、行为、活动等社会生活的对象"事实"即民间文学的诸多个人语境的非语言要素一直被单纯的即使是忠实记录的文本研究所遮蔽了,而民间文学研究的民俗学化进而社会科学化也许正可以纠正这种偏差?

在这方面,我想说的是,先生自己也曾积极地参与、推动了这一学术转向的进程。

先生一贯重视民间文学学科的理论建设,20世纪70年代末二度主政中国民间文艺研究会期间,先生对学会甚至对整个学界最重要的贡献就是把理论研究提升为学会以及学界的主要工作,那是共和国成立以来"民研会"最辉煌的时期。其间,当时站在学术前沿的学者如王松(1984年)、柯扬(1984年)等我们上一代的学者都提出了多学科、多角度、整体性、综合性地研究民间文学的议题,其中最具代表性的是段宝林对民间文学的"立体描写"研究(1982-1986),以及青年学者兰克对民间文学背景系统的立体"体察"研究(1985年)。㉒

先生自己也在1988年发表了关于民间文学研究方法论的重要学术论文《整体研究要义》。㉓先生在《整体研究要义》中提出了通过"田野考察和参与观察"打破民间文学搜集和研究相互分离的状况,进而提出了整体研究的基本目标——还原到民间文学"原初的生存环境"——的理论命题。但也正是当时学界普遍主张的这种建立在对"他者"进行更全面、更整体的实证、经验的研究基础上的认识论的彻底化、对象化,导致了民间文学研究的民俗学转向以及后续的社会科学转向。

在某种意义上说,走出单纯从文学的角度,甚至是单纯的社会政治的角度和方法,转而采用多学科、跨学科的方法进行民间文学研究,乃是新时期民间文学研究的一个飞跃。[对于民间文学的多学科研究来说，]并不是一开始就取得了共同的认识并得到广泛采用的，而是经历了漫长的时间，到了改革开放的新时期才被多数研究者认同的。1978年11月1日，……钟敬文等七位教授提出的建立民俗学及研究机构的倡议书，是民间文学的多学科研究被多数人接受并得以发展和光大的重要契机。（《跋》，第758-759页）

于是，伴随着民间文学纯文本研究向民俗学文化、生活研究的认识论整体性和彻底对象化转向，以及民间文学—民俗学学科的社会科学化转向，民间文学自然被"含"进民俗学乃至社会学。与此同时，民间文学研究的经验论、实证论倾向也被进一步加强，从而遮蔽了其本然的、可以还原为纯粹描述的人文学术，即作为交互主体（集体）的精神（意义）现象学的民间文学，而不是仅仅作为呈现文化与生活的对象"事实"的实证性、经验性的社会科学的可能性。

五

如果说，这个神话是悲剧的，那是因为它的主人公是有意识的。若他行的每一步都依靠成功的希望所支持,那他的痛苦实际上又在哪里呢?……西西弗,这诸神中的无产者,这进行无效劳役而又进行反叛的无产者,他完全清楚自己所处的悲惨境地:在他下山时,他想到的正是这悲惨的境地。造成西西弗痛苦的清醒意识同时也就造就了他的胜利。

——[法]加缪:《西西弗的神话》

但是,正如我们已经看到的,当民间文学一旦被"含"入民俗学,进而受到社会科学化提议的感召,民间文学反而会因为受到语境的束缚和规定而震惊地意识到自身自由的存在(自在),从而实现了从被规定了"事实性质"的"存在者",朝向"事情本身"的"存在意义",即民间文学朝向感受自身意义的现象学还原的"存在的一跃"。[24] 于是,当民间文学不再仅仅作为文本对象(文化成果)被对待,而是被作为"含"语境的"生活实践"这件"事情本身"(比如表演、讲述以及对表演、讲述的观察、体验)加以反省和体验的时候,在民间文学的实践者和"观察"者眼里,民间文学同时都褪尽了其语境化的"下层阶级"甚至"民族全体"的可经验、可证实的对象属性(在特定历史和社会的文化语境中，民间文学必然被规定为具有特定条件性质的文化甚至生活的对象"事实"），而突出了其作为"生活世界"的"生活形式"的自在、自足的"现象"本质。在"生活形式"的名义下，民间文学的语境不再是外在于民间文学研究者自我甚至实践者他者的背景或环境的可实证的经验对象，而就是被包含在自观和他观的交互作用中的民间文学—生活形式的自由实践本身。㉕

作为"生活世界的实践形式"即生活形式，民间文学由此超越了特定且被不断扩大的历史和社会文化、生活语境而获得了其自在、自足即当下且永恒的存在意义。于是，民间文学研究不再需要还原到民间文学"原初的生存环境"中，民间文学的文本研究也就由此获得了真正属于其自身或本体的学术合理性与合法性。因为，在民间文学背后，不再树立着一面基础性的文化"墙壁"（背景、语境），以及文化墙壁背后的更具基础性的生活墙壁，甚至墙壁背后的墙壁的墙壁……民间文学自己就是墙壁本身，就是生活世界的实践形式自身。在作为生活形式的民间文学这块墙壁面前，我们不必再追问：墙壁背后以及墙壁背后的背后……还有什么文化？那是什么生活？现在，学术的铁锹已经碰上了坚硬如岩石般的墙壁，我们的学术铁锹已经卷刃了，㉖我们由此知道，我们重又抵达了一个学科赖以独立生存的、可以直观的真正的科学基地。

现在，我们不再把民间文学说成"是"墙壁背景或墙壁语境中即某种条件下作为对象的"某物"，而是在民间文学自己的（自在的）无条件位置上自我言说的民间文学的墙壁自身。只有在脱语境、无条件的情况下，民间文学才能显现出作为墙壁自身的意义，而不是被定义为："是"墙壁语境或墙壁背景中的具有某种特殊的对象性质的"某物"，比如具有"下层阶级"或"民族全体"属性的"民间文学"，而民间文学作为生活世界的实践形式，就是交互主体自在、自由的各种"家族相似"的"语言游戏"（比如民间文学作品的各种"体裁"）本身。

特定的历史背景和社会语境或许能够规定民间文学作品的具体（题材）内容的性质，却无法决定民间文学作品的抽象（体裁）形式的意义。民众和学者（学者也是民众）作为交互主体通过自由地安排不同的体裁形式（比如童话和传说）以表达出面对不同的历史文化和社会生活的境域时，或（在传说中表达的）怀疑或（在童话中表达的）信任的态度等形式意义或"形式意志"[27]，从而站在逻辑上先于文本和语境的自由的"极点"上构造出并参与到各种自由形式（"体裁"）的生活实践当中。于是，奠基于交互主体的、自由的生活形式的基础上，民间文学为自身提供了可以独立研究的、无求于外的意义直观的学科领域。

因此，无论从纯粹的精神现象学的角度，还是从存在的生活形式论的角度，我们都撞到了民间文学自身的墙壁或岩石上，于是，作为探求生活世界的实践形式之形式意志或形式意义的学问和方法，民间文学由此获得了与社会科学不同的精神科学（或人文学术）的本质特征。这是不同于有关对象化的事实性质的经验—实证的认识论研究，而直抵生活本质的观念直观和意义直观的纯粹实践经验[28]研究。

现在，我们不再企图在现象的背后或现象的现象的……背后，去"假设—验证"什么最终端的墙壁或岩石的"事实性质"；而只是回溯（还原）到民间文学文本作为现象本身的墙壁或岩石表面的"生活意义"。由此，民间文学的现象学"意义—价值描述"与对民间文学的经验性、实证性、知识性"对象—事实呈现"就得到了清晰的区分。这是一种"生活的文学"，"与文人（作家）文学不同，民间文学不是作者自觉地对现实生活的反映，而是一定的种群的人们以不自觉的方式通过耳口相传，在流传中不断增减其情节和内容，世世代代积淀而成的；它与一定的种群的生产方式、生活方式、风俗习惯、礼仪信仰紧密地糅合在一起"(《跋》,第758页)。于是,民间文学研究就获得了真正属于她自己的、独立的学科"对象"、研究范围以及方法论的前提。

六

> 西西弗无声的全部快乐就在于此。他的命运是属于他的。他的岩石是他的"事情"。……他爬上山顶所要进行的斗争本身就足以使一个人心里感到充实。……他是自己生活的主人。……如果西西弗下山推石在某些天里是痛苦地进行着的,那么这个工作也可以在欢乐中进行。这并不是言过其实。我还想象西西弗又回头走向他的巨石,痛苦又重新开始。……西西弗永远行进,而巨石仍在滚动着。
>
> ——[法]加缪:《西西弗的神话》

我已多次提到了作为"墙壁"和"岩石"的民间文学,民间文学作为"生活意义"的墙壁或岩石自身,意味着民间文学作为独立学科而不是依傍于其他学科的精神学科或人文学术的合理性与合法性。当然,这并非传统意义上的学科划分。这里,学科的划分并不具有对象决定论的(题材)实质意义,而只具有主体约定论的(体裁)形式意义,这就像索绪尔所说的语言符号的能指与所指之间的约定性关系。[29] 换句话说,我们并不是在客观存在("实际"[30])的"事实性质"的实质对象(比如民间文学题材内容的质料)的立场上讨论民间文学的学科性独立存在,而是在与其他学科相互约定的关于"生活形式"和"生活意义"(比如民间文学作品体裁的"形式意志")的不同问学方式中谈论:与其他学科的问学方式相比,我们在"民间文学"的名义下,能够再做些什么不同的事情?而先生的厚重之书正为我们能够做这些"不同的事情"创造着各种可能性机遇,这,应该就是先生寄希望于后学,也造就着后学的最重要的学术贡献吧!

因此,我在这里并不是要反对民间文学乃至民俗学的社会科学化,而是要执意追问:相对于社会科学对作为"事实"的民间文学的对象化、知识性呈现,作为精神科学(人文学术)的民间文(艺)学能否对民间文学作为交互主体的、实践着的生活形式("体裁"实践)的"生活意义"或"形式意志"有所描述、有所揭示?我想,也许,这就是民间文学作为独立学科的存在价值。从纯粹的主体约定性诸生活形式(体裁),而不是所谓研究对象或研究范围的实质性生活内容（题材）来说，民间文学学科的存在价值与西西弗斯把巨石推向山顶的"事情"十分相似。对于西西弗斯来说，作为"事实"对象的巨石究竟"是什么"的逻辑—实证的、条件性、经验性结论并不重要，重要的是西西弗斯把巨石推向山顶这件"事情"本身所昭示的"生活形式"的意义之所在。

> 有的时候，有的人以为"哲学是否存在"就是哲学唯一要承担责任的问题；有的人以为他再不关心"哲学是什么""哲学是否存在"等问题，这就等于抛弃哲学，把哲学让给逻辑、科学、诗、政治、宗教。……提问哲学本身的存在问题就是哲学唯一的兴趣所在。㉛

对于先生来说，"民间文学是否存在"本身已经成为一个切身的责任伦理问题，这是先生的宿命，也是先生命中注定所要承担起的"生活意义"或"形式意志"。这是一个关于民间文学究竟是"石头"还是"推动石头"的故事。也许，讲述民间文学的"推动石头的故事"，就是上帝对先生此生运命的安排，而这,正是"惩罚"一词的真正含义——接受上帝本真、至善的美意。先生与马先生曾合著《石与石神》[32]一书，现在想来，此事颇有象征意味。

但是，更重要的，这是先生自己出自自身的自由选择所心甘情愿地承担的伦理责任，而自由地承担起责任并因此而获得伦理的幸福，正是人类必须且只能接受的上帝的"惩罚（安排）"——被抛入自由和责任。先生一次又一次地写作，一次又一次地呼吁，一次又一次把民间文学的学科巨石推向山顶，而这块巨石则一次又一次地重新滚落到山脚或谷底，这究竟是识时务者的俊杰之所为还是明知不可为而为之者的无谓（无意义）之举？

不！我已经说了，巨石的意义并不像当初先生所设想的那样，实质性地在石头背后的什么地方"实际"地藏匿着，只待我们把它发掘出来。[33]这，也就是说，民间文学的学科价值并不在于民间文学的实质性的"事实"对象（如材料、资料，或即古希腊人说的"质料"），民间文学的学科价值仅仅在于它的形式化的主体观念或实践的"相关项"——"生活意义"当中，即：西西弗斯式的把巨石不断推向山顶这件"事情"本身。

而先生已经用自己的行为或行动的"事情本身"向所有热

爱并从事民间文学事业的青年学人昭示了民间文学这门学科自身的伟大,以及这门伟大学科自身(独立)的存在意义和存在价值,这就是:人(无论民间文学的编创者、传承者还是研究者)在自己作为墙壁或岩石本身的位置上的自由的存在。先生用自己真诚的自由实践的学术生活,诠释了民间文学作为形式化、类型化——我们的专业术语称之为"体裁性",对于先生来说就是"学术史"体裁——的"生活形式"的意义实践或价值实践的主体自由的生活真谛。

2008年5月11日

注释:

① 本文发表于《民俗研究》2008年第4期;收入吕微:《民俗学:一门伟大的学科——从学术反思到实践科学的历史与逻辑研究》,中国社会科学出版社2015年版。

② 刘锡诚:《20世纪中国民间文学学术史》,河南大学出版社2006年版第14页。本文文中凡引此书内容,标记为"(《绪论》,第16页)"格式,不再注明书名。另参见刘锡诚:《二十世纪中国民间文学学术史》(上、下),中国文联出版社2014年版。

③［法］加缪著，杜小真译：《西西弗的神话》，三联书店1998年版。"西西弗"，是杜小真的译法；在本文中，笔者以语感之故，译作"西西弗斯"。

④刘锡诚与人合译：《马克思恩格斯收集的民歌》，人民文学出版社1958年版。

⑤［苏联］克鲁宾斯卡娅·布捷里尼马可夫著，马昌仪译：《民间文学工作者必读》，作家出版社1958年版。

⑥中国民间文艺研究会编：《苏联民间文学论文集》，作家出版社1958年版。

⑦［苏联］索柯洛娃等著，刘锡诚、马昌仪译：《苏联民间文艺学四十年》，科学出版社1959年版。

⑧［苏联］尼·皮克萨诺夫著，刘锡诚、林陵、水夫合译：《高尔基与民间文学》，中国民间文艺出版社1981年版。

⑨刘锡诚编：《俄国作家论民间文学》，中国民间文艺出版社1986年版。

⑩"我们是把民间文学当作一种特殊的文学现象或文化史现象来对待的。我们为了研究民间文学的规律，也去探讨民间文学与民俗、与社会、与民族特性、与文化发展乃至作家文学、地理自然条件等诸方面的关系，并从而形成研究民间文学的学科。当

然,我们不应排斥从民俗学、历史学、语言学、哲学、医学等方面去研究民间文学,但这些研究都不能等同或取代民间文艺学的研究。……这样做的结果,会导致从根本上取消民间文艺学这门学科独立存在与发展的可能性。"(见刘锡诚:《民间文学理论的建设问题》,在中国民间文艺研究会"民间文学理论著作选题座谈会"上的发言,1984年5月22日,收入刘锡诚:《民间文学:理论与方法》,中国文联出版社2007年版第346页。)

⑪ 参见《〈歌谣〉发刊词》,《歌谣》第一号,北大歌谣研究会1922年12月17日;亦参见《歌谣》第1册,中国民间文艺出版社,1985年影印版;亦收入周作人:《周作人民俗学论集》,上海文艺出版社1999年版第98页。

⑫ [美]厄特利:《民间文学:一个实用的定义》,收入[美]阿兰·邓迪斯编,陈建宪、彭海斌译:《世界民俗学》,上海文艺出版社1990年版第13页。

⑬ 刘锡诚:《向国家学位委员会进一言》,《文艺报》2001年12月8日;亦收入刘锡诚:《民间文学:理论与方法》,中国文联出版社2007年版第1—5页。

⑭ 刘锡诚:《保持"一国两制"好——再为民间文学学科一呼》,《社会科学报》2004年8月12日;亦收入刘锡诚:《民间

文学：理论与方法》，中国文联出版社2007年版第5-8页。

⑮ 这方面青年人的专题成果已有：陈泳超：《中国民间文学研究的现代轨辙》，北京大学出版社2005年版；毛巧晖：《涵化与归化——论延安时期解放区的"民间文学"》，上海辞书出版社2006年版；黎敏：《建国初十年民俗文献史》，中国文史出版社2008年版。

⑯ 郭于华：《试论民俗学的社会科学化》，《民间文化论坛》2004年第4期。

⑰ 高丙中：《民俗文化与民俗生活》，中国社会科学出版社1994年版。

⑱ [英] 查·索·博尔尼著，程德祺等译：《民俗学手册》，上海文艺出版社1995年版第2页。

⑲ "我以为精神民俗才是民俗学的核心，物质民俗和社会民俗本身无关紧要，只有从中闪现的民众的精神世界，才是民俗学的关注焦点。"陈泳超：《我对于民俗学的学科理解》，《民间文化论坛》2004年第6期。

⑳ 高丙中：《〈汉译人类学名著丛书〉总序》，收入 [美] 詹姆斯·克利福德、乔治·E.马库斯编，高丙中、吴晓黎、李霞译：《写文化——民族志的诗学与政治学》，商务印书

馆2006年版第1页。该文亦以"中国社会科学需要培育扎实的民族志基本功"为题收入高丙中：《民间文化与公民社会——中国现代历程的文化研究》，北京大学出版社2008年版第323-327页；亦收入高丙中：《日常生活的文化与政治——见证公民性的成长》，社会科学文献出版社2012年版第338-342页。

㉑ 高丙中：《民俗文化与民俗生活》，中国社会科学出版社1994年版。

㉒ 刘锡诚：《20世纪民间文学学术史》，河南大学出版社2006年版第738-758页。

㉓ 刘锡诚：《整体研究要义》，《民间文学论坛》1988年第1期；亦收入刘锡诚：《非物质文化遗产：理论与实践》，学苑出版社2009年版第247-256页。

㉔ 陈嘉映：《海德格尔哲学概论》，三联书店1995年版第7页。

㉕ 高丙中写道："我在1990年写作博士论文的时候，我的一个主要的意图就是批判民俗学的遗留物研究。但是，后续的历史却证明，这个时期让文化遗留物在知识上重新成为可见的（visible），对于中国社会在后来的变化中重新建立与自己的传统的连续性具有关键的作用。当时对'遗留物'作为文化现象的

发掘，对'遗留物'的言说作为合法话语的呈现，实际上奠定了中国社会后续发展的文化基础，凝聚了中华民族的文化认同的集体意识或集体无意识。当代中国有一种奇妙的机制，个别或少数现象要较快成为常见的社会现象，必须把它说出来（不管是从正面说还是从反面说），成为众所周知的事情。不管民俗学者（当然不限于民俗学界）在那个时代对作为遗留物的中国民俗说了什么或者怎么说过，我们今天感到欣慰的是，他们的述说本身开启了遗留物重新成为日常生活的有机组成部分的可能性。他们的论说曾经被中国社会科学的兄弟学科所忽略、轻视，事实是他们的学术活动参与改变了中国社会的文化现实，最起码是呼应、催生了一个新的文化中国的问世。"（见高丙中：《日常生活的现代与后现代遭遇：中国民俗学发展的机遇与路向》，《民间文化论坛》2006年第3期；亦收入高丙中：《民间文化与公民社会——中国现代历程的文化研究》，北京大学出版社2008年版、高丙中：《中国人的生活世界——民俗学的路径》，北京大学出版社2010年版、高丙中：《日常生活的文化与政治——见证公民性的成长》，社会科学文献出版社2012年版。）这就是说，民俗学者对于民间文学文本的研究并非非实践性的纯粹文化研究，民间文学的文本传承也是一样，不是抽象的、纯粹精神性的文化。合功能性、合目的性的民间文学的传承演述与民间文学的学术研究用维特根斯坦的话说都是正在实践着的生活世界中各种"家族相似"的"生活形式"。

㉖ "生活形式"是维特根斯坦使用的一个奠基性概念,简单地说,"生活形式"就是"我们学会在其中工作的参照框架"。"生活形式"是共同体的先天共识,是我们的日常生活的不可置疑的基础,当我们为思考和交谈中所使用的概念寻找更深层或更基本的合理根据时,维特根斯坦总是求助于这个概念,"如果我对正当性的证明已经走到尽头,那么我就会碰到坚硬的岩石墙壁,我的铁锹就挖不动了"(维特根斯坦:《哲学研究》第217条。参见[英]A.C.格雷林著,张金言译:《维特根斯坦与哲学》,译林出版社2008年版第95-96页。)

㉗ "形式意志"是瑞士童话学家吕蒂所使用的概念,他认为,民间文学的各种体裁背后,都有一种"形式意志"在推动体裁的运作,比如同样作为体裁实践,传说表达了人们对世界的不信任的怀疑态度,而童话则表达了人们对世界的不怀疑的信任态度。因此,我们也许可以把"形式意志"理解为民间文学的体裁实践者运用体裁这种"形式"所表达的对世界的态度,是为"形式意志"。

㉘ 纯粹经验,或直接经验、本源经验。(参见户晓辉:

《返回爱与自由的生活世界——纯粹民间文学关键词的哲学阐释》，江苏人民出版社2010年版第48页。）在我看来，纯粹经验、直接经验和本源经验，接近康德意义上的躬行事情价值、意义的（道德）实践经验，因而不同于认识事实性质的实证经验和利用事实原理的实用经验。

㉙［瑞士］费尔迪南·德·索绪尔著，高名凯译，岑麒祥、叶蜚声校注：《普通语言学教程》，商务印书馆1980年版第158-159页。

㉚先生说过："我们应当从［民间文学作品］这个实际出发，从这些极其丰富的民间文学资料中概括和总结出理论和规律来。"（参见刘锡诚：《民间文学理论的建设问题》，在中国民间文艺研究会"民间文学理论著作选题座谈会"上的发言，1984年5月22日；亦收入刘锡诚：《民间文学：理论与方法》，中国文联出版社2007年版第346页。）

㉛［日］饭田隆：《现代思想的冒险者——言语的限界》，（东京）讲谈社1997年版第319-320页。

㉜马昌仪、刘锡诚：《石与石神》，学苑出版社1994年版。

㉝吕微：《民间文学—民俗学的意向方式——访中国社科院文学研究所吕微研究员》，《中国社会科学院院报》2006年11月9日。

让我们谈说文学这件纯洁的事情
——写在《文学研究》重刊之际①

《文学研究》再次与学界见面了。

《文学研究》原是文学研究所主办的一份学术刊物,创办于1957年。当年,在郑振铎、何其芳、钱锺书、俞平伯、余冠英等老一代学术大师的关怀下,这份刊物在国内外学术界都产生了广泛的影响。1959年,刊物改名为《文学评论》。经过多年的不懈努力,文学研究所的这份刊物已经成为中国文学研究界的权威乃至核心学术期刊。但是,既然《文学评论》就是继承的《文学研究》及其学术传统,为何还要以《文学研究》的名义恢复文学研究?这究竟是为了"温故"还是为了"知新"(《论语·为政》)?

文学研究是一项艰苦的劳作,需要多层次、多角度的着力点。1957年,《文学研究》的编者在《编后记》中曾这样写道:

> 除了如一般刊物一样也要组织一些时间性的文章而外,它(《文学研究》)将以较大的篇幅来发表全

国的文学研究工作者的长期的、专门的研究的结果。许多文学历史和文学理论上的重大问题，都不是依靠短促的、无准备的谈论就能很好地解决的，需要一些人进行持久而辛勤的研究，并展开更为认真而时间也较长的讨论。②

在当年的这篇《编后记》中，《文学研究》的编者区分了学术中的"讨论"（长期的、持久的或时间也较长的认真、辛勤的专门研究）和"谈论"（短促的、无准备的时间性评论），而这样的区分直到今天，在我们这些文学所的后来人眼中，仍然闪耀着先驱者的大智慧，因而让我们感动并为之向往。

但是，这样以研究为主、以评论为辅的学术理念并没能维持多久，1959年，当《文学研究》更名为《文学评论》时，同样的编者却在一篇新的《编后记》中不得不写下了这样一段话：

《文学研究》为什么要改名《文学评论》呢？主要是为了使刊物的名称更符合它的内容。读者们大概还记得去年（1958年）第三期上登过一篇编辑部的《致读者》罢，在那篇短文里我们曾经谈到本刊的改进意见和具体要求,也还谈到本刊今后将以大部分篇幅来发表评论当前文学作品和文学理论问题的文章。这说明刊物的内容早已有了大的改变,现在来改名,就完全是必要的了。③

今天,当我们重读第二篇《编后记》,仍然能够体会当年编者心中的无奈,在那个重"时间性"(时效性)的"谈论""评论",而轻"长期""持久"地"讨论"的"理论"时代,即使你不遗余力地提倡潜心("时间也较长")的问学方式,即便你苦心孤诣地以"研究"二字为刊物命名,学界普遍的浮躁倾向——不得不"以大部分篇幅来发表评论当前文学作品和文学理论问题的文章"(尽管看起来这是出自"本刊[自己]的改进意见和具体要求")——仍然是一份刊物(即便这份刊物是国家级别的权威、核心刊物)的编者无力扭转的。因此,对于不能容忍虚伪这一道德底线的一代学者来说,与其让刊物名不副实,不如让它名实相副,于是,《文学研究》更名为《文学评论》也就可以理解为那个时代的学术真理性要求与道德真诚性诉求之间的悖反命运使然了。

何谓"谈论"的"评论"?何谓"讨论"的"研究"?其

间的区分很有点儿类似于古典希腊人的"意见"和"知识"之争;进而,其"知识"也就几乎等同于梁启超所言"为学问[善疑求真]而学问,断不以学问供学问以外[经世致用]之手段"的"学者人格"[④]的乾嘉理想。现在,如果我们上述推论的逻辑无误,那么当年《文学研究》的编者就一定是这样认为:只有"持久而长时间地讨论"(为学术本身的求真研究)且暂时搁置"短促而无准备的谈论"(经世致用但急功近利的评论),才可能把我们的学术事业奠定在无目的但合目的、非功利却最终可以致大用的真理基础上。换句话说,尽管求真的研究不以致用的评论为直接目的,但在求真的研究基础上却一定能够发展出有效(而非仅仅时效)地致用的评论;相反,凡未能建立在求真的研究基础上的致用评论,总不具备严格普遍性和客观必然性的真理性根基。因为,评论总是语境性的致用因而多多少少会受制于各种条件的或然性制约;反过来说,只有脱语境、无条件的求真研究才可能达致对严格普遍性和客观必然性真理的认识。当然,这一"反过来说"又超出了当年《文学研究》编者"讨论"的"理论"(理论理性)范围;但即便如此,我们仍然可以说,当年《文学研究》编者的知识真理观深受以希腊—乾嘉古典真理观为源并通过五四引进的西方现代科学知识论之流的潜移默化甚至直截了当的影响。

问题在于,以希腊—乾嘉的古典为源但以西方的现代为流的知识观、真理观本身就存在着两种——先验理性论与感性经验论——倾向的内在矛盾甚至冲突,而《文学研究》的编者区分的"讨论"和"谈论",也隐约甚至明朗地与之关联。即,站在先验理性派的立场:完备的真理性理论只能够出自先验理性的"知识";而出自感性经验的"意见"却不可能提供完备的真理性理论。反过来说,站在感性经验派的角度,其结论则刚好相反:完备的真理性理论只能够出自感性经验"意见"的积累;而出自先验理性的"知识"永远都不可能提供完备的真理性理论。

现在,如果我们承认,《文学研究》的"讨论"更接近"知识",而《文学评论》的"谈论"更靠近"意见"——尽管《文学研究》的编者也就是《文学评论》的编者这同一班人马——那么,当年《文学研究》乃至《文学评论》的编者的知识观、真理观,通过梁启超的中介,就更有意于希腊—乾嘉古典时代自我融洽的真理观,而只是无奈地接受了西方现代自相矛盾的知识论。但有一点还是一样的,即无论对于古典时代的希腊—乾嘉人还是对于现代西方人来说,"知识"和"意见"都是理论的根源,即没有经验基础的理论"知识"和有经验基础的理论"意见",但孰为理论的充分根源,先验理性还是感性经验?古代人和现代人有自我融洽和自相矛盾的不同看法,尽管他们都属于"理论派"(《文学研究》《文学评论》的编者亦不例外)。

康德试图调和现代西方人自我矛盾的知识论与真理观,他认为,理论,即真理性知识或知识性真理,既来源于感性经验,同时更起源于先验理性。⑤当代中国人所谓"实践是检验真理的唯一标准"这一通俗说法,庶几近之。套用《文学研究》编者的话说就是,理论(真理知识)既来源于不充分感性经验的"谈论""评论"("意见"的说明),更起源于先验理性和充分感性经验的"讨论""研究"(知识的阐明和证明)。没有前者,"意见"是盲的;而没有后者,"知识"是空的。康德调和先验理性论与感性经验论的做法,为《文学研究》向《文学评论》过渡提供了理论理性范围内的转换逻辑,即拯救了"研究"(先验理性)求真的"评论"(感性经验)基础,同时也限定了"研究"(先验理性)的"评论"(感性经验)致用范围。这对于《文学研究》和《文学评论》来说,是灾难性的,如果无论把文学研究还是把文学评论,都限定在康德意义的理论(理论理性)范围内。当然,这并不是《文学研究》《文学评论》编者的素质使然,而是自古典希腊—乾嘉时代直至现代西方一以贯之的知识论与真理观传统。

这就是说，尽管现代西方人的知识论，并不完全等同于古典时代希腊—乾嘉人的真理观；但两者都视理论为理性的唯一使用方式，与此相应，实践也就被看作是理论在经验中的实用性、功利性使用。但是康德改变了这一点。康德把实践进一步区分为一般理性的实践（实用）和纯粹理性的实践（道德）：前者就是亚里士多德以来的理论实践（实用）论⑥，而后者则是从康德"截断众流"（胡适）才开始独立于理论的纯粹实践（道德）观。理论实践（实用）和纯粹实践（道德）的区别是：前者仍然以理性对感性经验手段的理论认识，即为自然现象（对象）规定的自然（因果性科学）规律为实践的（实用）规定根据，而后者仅仅以理性对没有感性经验手段限制的先验理性目的本身的"实践认识"⑦，即为自由意志（表象）设定的自由（目的论道德）法则为实践的（道德）规定根据。康德称前者为"理性的理论使用"或"理性的经验使用"（理论理性），而称后者为"理性的实践使用"或"理性的先验使用"（纯粹实践理性）。因为前者必须运用在感性经验即自然客体的现象对象上面才实然（现实）地有效——以此，一般实践理性实际上从属于理论理性——但后者必须应用于先验理性本身即自由主体的意志表象对象上面才应然

（必然可能）地有效。⑧例如，"人民的文学"只能是对历史、社会条件之中的文学现象的感性经验的实然理论规定；而只有"人的文学"才可能是对社会、历史条件之前的文学本身自由本质的先验理性的应然实践设定。

但这对于当年《文学研究》《文学评论》的编者来说，尽管因有缘而可能暗由私许却已经无法现实地明理公设——都在无意甚至有意地遗忘周作人吧！——所以我在上文才说到，这"就超出了当年《文学研究》编者的'理论'（理论理性）'讨论''研究'范围"，因而是灾难性的。

从根本上区分开"理性的理论使用"（包括理论的实用实践使用）和"理性的纯粹实践使用"（道德实践使用），即彻底地划分开知识论与道德论（尽管二者拥有各自的真理观），是康德给现代人留下的最重要的"理论"遗产之一。当然，也正是因为康德明确地划分开理论认识和道德实践的边界界限，才有康德批判哲学从知识论重返道德论的纯粹实践理性的先验目的论要求以及现象学方法诉求——"悬置［理论］知识，以便给信仰［情感的道德实践］腾出位置"⑨——以防现代人用理论知识（科学）遮蔽、僭越实践真理（道德）的理性误用（我称之为"现代性的原罪"⑩）。但是，这对于尚未能清楚地区分开出于认识目的的理性实践（理论）与出于道德目的的纯粹理性实践（道德实践）的现代人来说，仍然是偶然可遇而非必然可求的事情，就像当年《文学研究》《文学评论》的编者那样，当他们的"谈论""评论"甚至"讨论""研究"都还被限定在理性的理论使用即认识论范围内的时候，从理论理性返回纯粹实践理性，就只能是一个耽于幻想的空洞愿望。因为，如果不是明确区分理性的理论认识使用（理论理性）和理性的道德实践使用（纯粹实践理性），使用现象学方法悬置"人民的文学"的理论认识"谈论"或"评论"，而还原"人的文学"的道德实践"讨论"或"研究"，又如何谈起呢？

但是，《文学研究》改刊《文学评论》五十年之后的某一天，终于有希望也有可能复刊《文学研究》的新一代编者想到，从理论理性返回纯粹实践理性，并非只有"悬置"理论认识的"谈论""评论"，给道德实践的"讨论""研究""腾出位置"，这唯一一条决绝的现象学道路。实际上我们还有一条更现成的能够让"谈论""评论"返回"讨论""研究"的先验论道路，这条先验论道路就是"文学"。"文学"是《文学评论》和《文学研究》之间共同拥有因而能够有效联结"谈论""评论"和"谈论""研究"的"第三者"。通过"文学"这一《文学评论》和《文学研究》共同拥有的中介条件，《文学评论》就能够直接地过渡到《文学研究》，而无须再聘请其他"他者"来相互沟通。换句话说，"文学"作为"第三者"的"他者"，原本就在我们每一个人——无论理性的理论使用者还是理性的纯粹实践使用者——作为"文学研究者"以及所有"文学爱好者"的心中。

还是康德，唤醒了我们每一个人心中的这一本原地沉睡的"文学""他者"或"文学"的"第三者"。当年，康德在发表了《纯粹理性批判》和《实践理性批判》这两大"批判"之后，一度以为他的批判哲学大厦已完成了全部奠基工作；但是，康德的心里还有些惴惴不安。深谙人情世故的康德知道，理论理性早已经深深地嵌入了实践理性当中，而共存于人们的日常知识（常识）里面。以此，让人们彻底搁置实用的理论理性，仅仅采纳道德的纯粹实践理性，其实是很难做到的事情。但康德在完成了对人的知识能力（知）和意志能力（意）的批判检验的同时，却又发现，有一件事情他此前没有特别地关切，这就是人的情感能力即判断力（情）。

情感判断力作为（像理性一样）人的先验能力，可以服务于理性的纯粹实践使用，也可以服务于理性的理论使用（包括理性的实用实践使用）。但是，在服务于理论理性和纯粹实践理性的时候，判断力只是规定性的判断力，既可以援引理论理性给出的自然规律假言命令地规定自然现象（对象），也可以援引纯粹实践理性给出的自由法则定言命令地规定自由表象（意志对象）。由于，无论在理性的理论使用还是在理性的纯粹实践使用中，判断力都是命令式、规定性的，所以，让人们在日常知识中明确区分实用的命令规定与道德的命令规定，有时的确是勉为其难，尽管理论判断力的规定性对象领地与纯粹实践判断力的规定性对象领地原本也是泾渭分明。但是康德发现，判断力还有一种使用方式，不是服务理论理性，也不是服务纯粹实践理性，而是自我独立地、自由地自己使用自己、自己服务自己，即判断力自我反思、自我服务地自我使用。这样，尽管反思性判断力因为其思性使用，而无与于规定性判断力的规定性对象领地；但是，当判断力因自我反思、自我服务而在主观上自由地普遍使用自身或普遍地自由使用自身的时候，却产生了一种——尽管没有规定性对象领地供其——自我自由游戏的自我良好感觉，这就是"美感"的反思性情感来源。

美感不是通过概念而命令、规定的结果，像判断力服务于理论理性和纯粹实践理性时那样，使用理论理性和纯粹实践理性提供的自然规律概念或道德法则概念去规定对象（无论这对象是现象对象还是意志表象对象）；但是，尽管判断力自我反思自我服务的自我使用、自由使用，并不使用概念在规定性领地上为对象客观地立法，但仍然要在无规定性领地的（无）条件下给自己（自己把自己当作对象）主观地立法，当然所立之法既不是客观的自然规律，也不是客观的道德法则，而是反判断力自己给自己在主观上反思地所立之法——否则反思性判断力就不能在主观上要求主体之间普遍的审美鉴赏情感——但既然是主观立法，就不能称为客观规律也不能称为客观法则，而只能称为主观准则。但是，由于反思性判断力自己给自己立法的主观准则，仍然是先验的立法原则，所以在康德看来，反思性判断力的主观准则，实在地说，也可以被"当做（客观）法则""用做（客观）原则"，甚至可以先于客观自然规律与客观道德法则而被用作所有普遍立法原则的原则。换句话说，反思性判断力的主观准则，甚至可以先于自然规律和道德法则的先验立法而为自然法则和道德法则准备好立法的先验条件，而这个作为道德法则和自然规律的先验立法条件的反思性判断力主观准则就是："置身于别人的立场""站在别人的地位上思维"。而如若没有这样的普遍立法的先验条件，任何普遍立法都将是不可能的。

反思性的判断力的职责……需要一个原则……这样一个先验原则，反思性的判断只能当做法则自己给自己确立，不能从别处拿来……因为这只是反思性的判断力，这个［反思性判断力主观准则的］理念把它［自己］用做原则这种能力由此是给自己立法……⑪［反思性］判断力的一个主观原则（准则）……给它自己指定法则，人们可以把这法则称为……特殊化法则……⑫反思性的判断力在这样一些情况下就必须充当它自己的原则；这原则由于并不是客观的……所以只应当用做［“平常的人类知性”的反思性判断力］认识能力的合目的应用的主观原则，亦即对某一类对象进行反思的主观原则。因此，与这样一些情况相关，反思性的判断力有自己的准则……⑬平常的人类知性的以下［主观］准则虽然不属于这里作为［审美］鉴赏判断的部分，但却毕竟能够用做其［反思性判断力主观］原理的阐明。它们是如下［主观］准则：1. 自己思维；2. 站在别人的地位上思维；3. 任何时候都与自己一致地思维。一以贯之的思维方式的第一个准则是无成见的思维方式的准则，第二个准则是开阔的思维方式的准则，第三个准则是一以贯之的思维方式的准则。⑭至于［"平常的人类知性"的反思性判断力］思维方式的第二个准则，我们通常都习惯于把其才能不堪大用的人称为有局限的（狭隘的、不开阔的对立面）。然而在这里，我们说的不是［理论］认识能力，而是合目的地运用认识能力的［反思性判断力］思维方式：这种思维方式，无论人的自然天赋［即"平常的人类知性"］所达到的范围和程度多么小，仍表明一个人具有开阔［即能够"置身于别人的立场""站在别人的地位上思维"］的思维方式，如果他把如此之多的别人都如同被封闭在其中的主观的私人判断条件置之度外，并从一个普遍的立场（他惟有通过置身于别人的立场才能规定这个立场）出发对他自己的判断加以反思的话。⑮

是的，康德认为，反思性判断力的主观准则，来源于、起源于人们最"平常的人类知性（理性）"，存在于每一个人的内心当中，只要我们每一个人回到自己的内心，并将她充分地表达出来——即审美鉴赏的艺术和文学——就能够作为、成为人类理性的正确理论使用和正确实践使用的先验立法条件,而这也就是现代启蒙实践的先验立法条件。由此我们也就可以理解,为什么当《文学研究》的编者尚不能明确地区分纯粹实践理性与理论理性的时候——同样作为理论理性,他们之间只有五十步与百步的程度差别——就已经能够用当时的语言,表达其反思性判断力的主观准则,因为,这是隐藏在我们每一个人内心或心灵中的先验原则、普遍原则的自然流露(并不能完全归结为贯彻意识形态指示的政治表态),尽管看起来是一个主观准则。

我们这个刊物打算尽可能废除一些不利于学术发展的清规戒律。我们将努力遵循党所提出的"百家争鸣"的方针,尽可能使多种多样的研究文章,多种多样的学术意见,都能够在这上面发表。⑯

唯有如此,我们才可能限制理论知识的现代性暴政而给信仰情感的道德实践腾出空位,从而实现启蒙的现代性理想。

公众给自己启蒙,这更为可能;甚至,只要让公众有自由,这几乎是不可避免的。启蒙所需要的无非是自由；确切地说，是在一切只要能够叫做自由的东西中最无害的自由，亦即在一切事物中公开地运用自己的理性的自由。……我把对其理性的公开运用理解为某人作为学者在读者世界的全体公众面前所作的那种运用。……对其理性的公开运用必须在任何时候都是自由的，而且惟有这种［反思性判断力的自由］使用能够在人们中间实现启蒙。⑰

可以这样认为，文学（作为审美鉴赏的反思性判断力）天生地自带着可以"当做法则""用做原则"的先验主观准则，尽管这准则还不就是道德法则，但却是能够让每一个人使用其"平常的人类知性（理性）"而"作为学者""谈论""评论"进而"讨论""研究"的自由立法条件。换句话说，唯有文学作为审美鉴赏的反思性判断力主观准则，才必然可能让公众即每一个人都能够像学者那样（"作为学者"）"公开地运用自己的理性"或通过"理性的公开运用"而自由地"谈论""评论""讨论""研究"。以此，文学作为反思性判断力的主观准则，因而就是先于道德法则和自然规律的普遍立法的先验条件，即纯粹条件或纯洁条件。这样，从《文学评论》回到《文学研究》，也就不是单单地悬置"谈论""评论"而还原到"讨论"和"研究",而是首先还原到先于道德法则、自然法则的反思性判断力主观准则,即纯粹的、纯洁的文学本身。唯其如此,"平常的人类知性(理性)"在反思性判断力主观准则的先验(纯粹、纯洁的)立法条件下,才有可能通过对自然法则和道德法则的自由而公开的"谈论""评论"以及"讨论""研究"而区分理论的自然真理与实践的道德真理,进而"在人们中间实现启蒙"。

这样,在文学研究所当年创办《文学研究》、改刊《文学评论》以及复刊《文学研究》而不断为自己"正名"的过程中,我们看到了我们的先驱者,也看到了我们自己,作为一代代文学所人对纯粹而纯洁的文学与学术的自由理想不断反思的追问与追求,在这样一个不断反思的追问、追求的还原过程中,文学所人一步一步地接近于回答无论"研究""讨论"还是"谈论""评论"所蕴涵的根本问题:何为纯粹、纯洁而自由的文学研究和文学评论?何为纯粹、纯洁而自由的文学本身?

  地上有花。天上有星星。
  人——有着心灵。
  我知道没有什么东西能够永远坚固,

在自然的运行中一切消逝如朝露，

但那些发过光的东西是如此可珍，

而且在它们自己的光辉里获得了永恒。

…………

年轻的同志们，我们一起到野外去吧，

在那柔和的蓝色的天空下，

我想对你们谈说种种纯洁的事情。

——何其芳：《我想谈说种种纯洁的事情》，

1942年3月15日

2007年10月3日

2019年7月21日

注释：

① 《中国社会科学院文学研究所学刊》是中国社会科学院文学研究所曾经主办的一部学术集刊。最初，蒋寅建议《学刊》以《文学研究》复刊的名义出版，本文就是为复刊《文学研究》试写的《复刊词》。2007年10月前后，为复刊《文学研究》而试写《复刊词》，先之为高建平，次之为钱竞；吕微只是步他们二

人的后尘,即《写在〈文学研究〉重刊之际》的初稿;最终,文学所所长杨义自抒胸臆,撰写了《学刊》的《前言》。《学刊》由文学研究所科研处负责组稿、编稿,所有来稿一律匿名评审;科研处处长严平于《学刊》着力最勤、用力最多,也贡献最大。《中国社会科学院文学研究所学刊》共出版了四卷,即:2007年卷,杨义主编,中国社会科学出版社2007年出版;2008年卷,杨义主编,中国社会科学出版社2008年出版;2009年卷,杨义主编,中国社会科学出版社2010年出版;2010年卷,陆建德主编,中国社会科学出版社2012年出版。《写在〈文学研究〉重刊之际》虽因未臻完善而幸亏没有被诸同人采纳,否则贻笑大方;但因同时也表达了笔者对学术本质的理解以及所持的学术理想,故为笔者本人所重,收入本书时几乎推倒重来,原正标题改为副标题,另拟正标题,以就正于诸位方家。——笔者2019年7月21日补注。

② 《编后记》,《文学研究》1957年第1期(即"创刊号")。

③ 《编后记》,《文学评论》1959年第1期。

④ 梁启超:《清代学术概论》,收入梁启超:《梁启超史学论著四种》,岳麓书社1985年版第99页。

⑤ "尽管我们的一切知识都是以经验开始的,它们却并不因此就都是从经验中发源的。"见[德]康德著,邓晓芒译,杨祖

陶校：《纯粹理性批判》，人民出版社2004年版第1页。

⑥ "理论的理性也必须有一个对仗。经院哲学的实践理智就已是这个对仗的名称跃然纸上了，而实践理智又是从亚里士多德的实践理性来的。然而在（康德）这里却完全是以此指另外一回事，和（亚里士多德）那儿理性（只）是指技术而言不同。在（康德）这里实践理性却是作为人类行为不可否认的伦理意义的源泉，作为一切美德，一切高尚胸怀的源泉，也是作为可以达到的任何一程度上的神圣性的源泉和来历而出现的。"（见［德］叔本华著，石冲白译：《作为意志和表象的世界》，商务印书馆1982年版第699页。）

⑦ "纯粹实践理性的认识。"见［德］康德著，韩水法译：《实践理性批判》，商务印书馆1999年版第79页。

⑧ 在人们一般的理解中，单纯的"理论"意味着没有与感性实践经验相结合；而单纯的"实践"意味着没有从感性实践经验上升到理论。与人们对"理论"和"实践"的一般理解不同，康德的"理论"指的是科学认识论，而"实践"指的是道德实践论。所以对于康德来说，人们一般理解的"理论"和"实践"都从属于"理论"。

⑨ ［德］康德著，邓晓芒译，杨祖陶校：《纯粹理性批

判》，人民出版社2004年版第22页。

⑩ "现代性的'原罪'：理论对实践的僭越"，见吕微：《民俗学：一门伟大的学科——从学术反思到实践科学的历史与逻辑研究》，中国社会科学出版社2015年版第315页。

⑪ ［德］康德著，李秋零译：《康德著作全集（第5卷）：实践理性批判　判断力批判》，中国人民大学出版社2007年版第188-190页。

⑫ 同上书，第193-195页。

⑬ 同上书，第400-401页。

⑭ 同上书，第306页。

⑮ 同上书，第307页。

⑯《编后记》，《文学研究》1957年第1期（即"创刊号"）。

⑰ ［德］康德著，李秋零译：《康德著作全集（第8卷）：1781年之后的论文》，中国人民大学出版社2010年版第41页。

做一个能够承担的文学所人
——献给文学研究所六十周年诞辰

一

终于又结束了，文学所一年一度的"年终审判"！无论对于那些已经一遍又一遍陈述自己学术成绩的青年学者（其中有些人已是连续第四年、第五年陈述）来说，还是对于那些同样已经一遍又一遍听取陈述的中年评委而言，称这每年一度的职称评审会为"审判"是毫不为过的，因为，陈述的一方和听取陈述一方都要经历一番精神的"炼狱"。换句话说，陈述者和听取陈述者都是被审判者，而公正无私的审判者则是从悬挂在会议室墙壁上的那一幅幅前辈大师的遗像中投射过来的询问的目光："你是否已经成为一名合格的文学所人？"

我曾在《何其芳的传说》中写道："在文学所'老人'们的传说中，那一次是文学所历史上最没有争议也没有留下任何遗憾的一次评职称"，"文革"前文学所唯一的那一次职称评定，是文学所的学术大师们与何其芳一起共同缔造的一次"平静又平凡但却前无古人后无来者的学术壮举"。当然，这只是一个传说，是我们作为文学所的后来人，用文学所的过去为文学所的未来织就的一个理想；而现实中，遗憾总是难免的，即便是由何其芳主持的职称评定亦不可能例外。

但是，今年的职称评定超出了我的想象，在平静的气氛中平稳地度过了，不像往年，得到晋升的人异常兴奋，而未能晋升的人则激愤异常。也许，今年的平静是因为，随着连续几年不能腾出更多的研究员名额，申请职称的年轻人已经习惯了一年一度地重复必然无果的无望陈述，于是，往年那种激愤的情绪因怠倦而消减了许多。但是，每个人的陈述仍然是认真的，C君甚至用自己的欠缺作为陈述的开场白；而F君更是用一组"令人印象深刻"（陆建德语）的数据清晰地展示了自己那让人信服的编辑成绩之后，又毫不吝啬地指示了自己在编辑工作中的差距（如果她自己不说也没有人能够知道），并且表示，即使今年仍然不能晋升，还是要认真地工作，让自己的编辑业务保持在一个较高的水准。我相信在那一刻，C君和F君独出胸臆的做法挑战了评委们因循往年的思维常规：在这样的时刻，在这样一个关系到你最渴望也最珍重然而多年来都未实现但今天却有可能因为你自己的一句不慎而再一次与你心目中至高无上的学术荣誉（徐公持语）擦肩而过、失之交臂的时刻，你竟然能够如此平静地选择这样的陈述方式，"你究竟是怎样的人？"

二

我们都有过从同行手中接过一张张名片的经历，那上面除了标明自己引以为自豪的学术职称——某某科研院所的研究员、教授或博士生导师（其实这最后一项已不是职称而是职务），还满满地开列出自己所能想到的所担任的各种学术和行政职务的头衔，什么会的理事，什么会的常务理事，什么会的副会长甚至会长。这往往能够引起我的同情，以及对自己能够在文学研究所工作的无比幸运的感叹（我相信我能够在文学研究所工作不是因为我的才能而是上天对我偶然的眷顾）。我想，如果不是我而是他在文学所工作，那么，他也会像我一样，在自己的名片上仅仅注明"文学研究所研究员"一行小字就可以了。而且我相信，每一位刚刚进入文学研究所的青年人，也都一定像我这样想过，也都一定愿意像我这样做，因为"文学所研究员"，这是怎样的一个称呼！这个称呼本身已经表明你心中所向往的一切，因而是一个（在类比的意义上）只能够用其他宾词来说明她，而她本身却能够也不应该被用来说明任何宾词的主词。①换句话说,"文学所研究员"这个主词的价值就在于她自身,而她自身不是用来实现在她之外的其他什么价值的手段——即不是被用来说明其他宾词的主词——因而她本身才具有至高无上的价值。②当然,也正因为她自身的至高无上的价值,所以,即便她被人为地限定在一个有限空间和有限时间里面而成为稀缺资源,也"既不能给这一价值增加分毫也不能减损分毫[价值]"③。

我们可以设想,竟然有一天,"研究员"的称号不再有行政安排的名额限制,每位学者在达到了一定的学术水准之后就能够自然而然地得到晋升,也许到那时,我们的心绪会平静许多,我们就能够以更平稳的心态从事我们的研究工作,甚至会因此而取得更多更好的学术成绩,因为职称已经是一个我们无须再为之焦虑也不再是一个随时都在干扰我们正常的学术进展的难题。④但是,在经历了一次又一次因担任职称评委而坠堕的"炼狱"之后,我现在却认为,也许,这正是上帝借世俗之手对我们这些苦苦追寻者的精神考验:在这样苛刻的条件下,你是否依然能够为了一个你认为她自身就有价值的东西而牺牲掉你在其他的空间和时间里面能够相对容易地获得的地位、权力、荣誉和财富?

但是,尽管名额有限申报无望,却仍然有人坚持留在文学研究所工作而没有离弃她半步,就像祁连休老师(民间室研究员)的访谈录题目"我的履历很简单……"。从二十岁出头大学毕业直到六十岁退休,祁老师的履历表上"工作单位"的栏目中只有"文学研究所"这有限的几个字(祁老师的履历在文学所是有代表性的),但也正是这几个字才最能代表他可以告慰自己一生的无悔选择。当然,也正是在这无悔的选择中,包含了一些我们永远也无法弥补的遗憾。

三

我的老师马昌仪(民间室研究员)曾对我说过,文学所的职称评委(马老师当然不光是指职称评委)都是有人情味的人。对马老师的话,我一直不能很好地理解。我不知道为了理解马老师的话,贬义和褒义应该各占多大比例。当然,根据马老师自己的语气来判断,应该是以褒义为主;但是,如果我们站在纯粹学术的立场上,马老师的话又未必不能从贬义的角度给予解释。即,如果我们认为学术还有其至高无上的自身价值,那么,我们就不应该用学术之外的人情玷污她的纯粹性。这是因为,如果我们将学术荣誉用作了兑现人情的外在手段,那么我们将如何才能继续保持学术自身的价值？而我上面提到的遗憾，正与文学所的职称评定过程中人情未能完满地实现有关。

在今年的"审判会"上，刘跃进再一次揭开了文学所曾经的"遗憾的伤疤"，而且，他不希望在旧的伤疤上再添新的伤口，让我们那些优秀的研究人员带着遗憾退休，甚至带着遗憾离开人世。

"栾勋老师（理论室副研究员）去世的时候，"高建平接过了刘跃进的话题，"我正担任理论室的主任，我曾经询问当时的所长，能否把讣告中'副研究员'的'副'字去掉？"[5]当然，死者长已矣，这些修辞上的字斟句酌并不能真正改变遗憾的事实，以宽慰已逝者的在天之灵，而只能少许减轻一点儿我们这些活人心理上的负担。但这样遗憾的负担依然沉重地压在文学所人的心上，不只是当事人的心，而且是一代又一代文学所的后来人的心。于是，我似乎明白了马老师说的"职称评委们的人情味"到底指的是什么。所谓"职称评委们的人情味"也就是"文学所人的人情"，而"文学所人的人情"（包括"文学所人的遗憾"），就是站在对"文学所研究员"这个称号无比虔诚的一座座心坟面前，低下我们骄傲的头颅，但这同时也就是我们每一个文学所人都应该承担起的重量。

也就立刻想起了那位在犹太人遇难纪念碑前突然下跪的德国总理，在那一刻他让全世界都为之动容：他所承担的罪责并不是由他本人所造成的，而是由他的上一代人甚至上上一代人造成的，但他还是认为自己有责任将它承担起来，因为如果你下决心接受前辈的遗产，那么你就应该承担起这遗产的全部，而不仅仅是他们留下的光荣与梦想、业绩与人格，而是也包括了他们所有的错误和遗憾。因此，当C君和F君坦言自己的缺点和不足，当刘跃进和高建平念念不忘，希望不再留下遗憾的时候，我想，我们身后的大师们那如芒在背的目光一定已在频频示意：这，就是了！

现在，我们终于懂得，该怎样向至高无上的学术荣誉乃至学术自身，献上我们的虔敬之心！而这虔敬之心，又是我们向着在我们之前的一代又一代人已经奉上的虔敬之心的再次奉献，也许，这真的就是文学所的一代又一代人一脉相承的"人情"吧！

四

职称评审会开过第二天，文学所为七十岁以上的退休人员举办了祝寿聚餐会。餐桌上，又见到了多年未见的王林凤老师。当年，每当我在文学所"港台书库"查阅资料，忘记了已到闭馆的时间，王老师总是安静地坐在她的工作台前，她从来也不过来提醒我闭馆的时间已到，总是等到我自己觉悟，连连道歉，她才在我身后锁上阅览室的大门，然后一路小跑地跑上回家的路，而她的家里正不知有什么人早已等得心急如焚了。

又说到栾勋老师，祁老师指了一下邻座："那位就是栾勋的夫人李芹，退休前是我们所的会计。"聚餐已经结束，老干部处的王忠光、任红正把一盘盘几乎未被触碰的菜肴打包让李芹老师带回家。那一刻，我望着李老师因多年患病而显得憔悴、疲惫的倦容，⑥一股歉疚陡然而生，我加入了打包的行列，如果李老师今晚做饭可以省一点儿力气。尽管我们这样的做法无关宏旨，但或能附加上我们对栾勋老师的怀念和歉疚，而这种歉疚感，我想，是每一位文学所的后来人也都会自然生发的。因为，我已经说了，那是我们的前辈给我们留下的遗憾的遗产，对这份遗憾的遗产，我们没有理由拒绝，因为这遗产也包括对虔敬之心的无比虔敬，而这虔敬之心不仅发生于每一位研究人员的心中，而且也默默地存在于曾经在文学研究所工作过的所有人的心中。我是说"所有在文学所工作过的人"，这其中有我熟悉的人，也有我不熟悉只打过一两次交道的人，例如当年文学所"民国书库"的那位矮胖的女管理员,有一回为了一本书,她上下书架足足花了半个小时帮我好找了一通,之后就再也没见她上班。

"你说的是王家珊吧?"可能是她!我一直记不准她的名字。后来听人说,她回老家探亲突然生病,不是什么大病却因为没有得到及时有效的治疗,就这么走了。在我的印象中,她年纪不算大,走的时候不知道到四十岁没有。我曾在百度上键入"王家珊"三个字。与王家珊同名的人很多,但没有一位是文学研究所的王家珊。现今的网络还不能像全知的上帝那样记住每一个普通人的名字。文学所的王家珊是一个普通的女孩子,长得也不太好看,⑦但她就这么静悄悄地走了,还那么年轻。

初进文学所工作,我曾在《文学遗产》兼职编辑,至今《文学遗产》的同人仍然视我为半个"《文学遗产》人"。但我最终还是"逃离"了编辑部(尽管在许多研究机构,研究人员兼职编辑是正常的事情),因为如果你的性格无法忍受一篇稿件阅读五遍以上,而且你知道你再读一遍肯定会呕吐,但是按照制度你必须再读一遍,甚至比前几遍还要认真地一字不落地细读(因为这是最后一遍审读了,否则出了问题就真是无可挽回),那么,如果你肯定地知道自己在这方面不能坚持做好做彻底,你最佳的决定就是顺从自己的自知之明。所以,对于那些能够心无旁骛地在编辑部工作的同事,你必须献上你最虔诚的敬意,因为,如果没有他们的无私,你就不可能安心地从事你自己的研究工作,是他们为文学所的所有研究人员营造了一圈可以让你在其中潜心致志的围墙。

用自己的琐碎平凡的工作,为研究人员造就一处可以静心且安心的学术环境,是文学所的每一位编辑的本职工作最重要的所内效应(当然只是效应之一),于是当Z君在自己的职称申报表"成果栏"中,首先填写的是一篇上千字的稿件审读报告时,他是完全正确的。仅此一份极端"较真"的稿签,就足以显示他称得上是一名优秀的编审,进而,当他又介绍了已经完成的无论数量还是质量(对于所有研究人员来说)都难以企及的研究成果之后,等再见到Z君,见到S君,我知道,每一位评委都愿意在心里对他们说:你们都是无冕之王。

五

但是,Z君、S君,还有同样优秀的C君、W君,今年还是一一落选了,并因此而成就了文学所历史上一代新的遗憾(尽管这遗憾是暂时的)。这么说来,我们永远无法摆脱上帝的精心安排,永远无法摆脱被上帝抛入的命运,在这被抛入的命运中,与我们被抛入的感觉共生的,就是我们必须承担的遗憾。因为当我们善待一些人的时候,我们就必然同时亏待另一些人,而那些我们亏待的人同样是值得我们尊敬的、最优秀的人。

这似乎就是一场悖论:因为只有上帝才能够同时善待所有的人,而上帝能够做到的事情,我们凡人永远也做不到;但是,我们却做了只有上帝才应该做的事情,于是,只要我们凡人一有所动,就已经在罪责当中了。而罪之所以与责相连,乃是因为,罪也是我们必须承担起来的责任,就好像善是我们已经承担起来的责任一样。而为什么我们在明知有罪的情况下仍然要承担起罪,那是因为,非如此我们也就不能够承担起善,而这就是我所理解的文学所每年一度的职称评审的意义和价值吧!

一年一度,我们接受上帝加予我们的考验,让善行与罪感与我们同行,而同行者,不仅仅是诸评委和成功晋级的人,还有那些在一年一度的职称评审中为我们承担起罪责与遗憾的人——一年一度的"失败者"。但他们没有做过任何错事,该让他们承担这些罪责与遗憾,而且他们做得这么好,他们是这样的优秀。但我知道,我们所有的罪责、我们共同的遗憾,他们已经用自己的沮丧、痛苦和挫折感甚至失败感承担起来了。但即使在这样的痛苦和沮丧中，充满挫折感、失败感的他们却向"成功者"献上了发自内心的、由衷的祝贺，就像两位最伟大的古代武士，在一场生死交战之后，顾不上谁是胜利者谁是失败者，他们互相揩干净对方身上的血迹，握手言和。

六

"无论从哪方面说，吕微都比我更有资格！"即便我动用了全部的遗忘术，我也无法忘记，在只剩下我和白烨两人，作为最后的两名竞争者竞争唯一的一个职称位置的时候，在众评委面前，白烨用上面的这句话执意把荣誉让与了我。当然，这句话也是我当时想说却最终没有说出口的话，但我最终还是没有说出口，而是接受了白烨武士般的慷慨。也许，我可以为自己找出一千条一万条安心接受慷慨的白烨的理由，其中最能让人理解的理由也许是这样——

一个最普通的劳动者，一个男人，在辛勤了一天之后回到家中，面对与自己同甘共苦了多年的女人，从口袋里掏出一沓钞票。女人数着钞票，发现比上个月的工资又多出几百块钱（这也许是辛勤且辛苦的劳动家庭中做丈夫的唯一能够让妻子感到幸福的事情），就高兴地说："你工作这么努力，终于得到老板的赏识！只是你千万不要太拼命了！"男人对女人说："这可是我退休前最后的机会了！"男人的回答并没有引起女人的注意（其实这话是他对另一个男人说的），因为在她的眼里，在外挣钱的男人所做的一切事情永远都是对的，就像那位童话家说过的，"老头子总不会错！"

也许，这是在一个普通人家的日常生活中，可能发生的最朴素也最温馨的事情了。但即便如此，我也知道，我给爱人的答复绝不是我可以那样决定的最充分的理由，尽管是一个可以理解的理由。因为，尽管白烨比你年轻几个月，但晋级对于他（我们是同年生人）来说同样是最后的机会，而面对最后的机会，是白烨而不是你选择了谦让。你由此而知道，白烨可以坦然地对你说："不是因为我们兄弟般的情谊，而是因为我认为我这样做是对的！"而你却无法面对他说出同样的话。

但是现在，如果再有一次机会，可以让你重新选择，你又将会怎样决定呢？尽管你仍然不能确定，你就一定会作出不同于上次选择的选择（因为你不能保证到那时你已经完全克服了自己的私念），但是，你一定知道，自由的选择和决定，对于你来说，原是有这可能的。

或许他不敢肯定，他会这样做还是不会这样做；但是他必定毫不犹豫地承认，这对于他原是可能的。因此他就判定，他之所以能够做某事，乃是由于他意识到他应当做这事，并且在自身之中认识到自由。⑧就人们的意志来说，所有的人都认为自己是自由的。由此，就发生了对行为的全部判断，诸如对应该做却没有做之类的行为的判断。⑨

这就是人的自由。在人的一生中，不断有机会能够让你去选择、去决定，如果你总是这样对自己说：仅此一次，下不为例。那你就会永远错下去，而如果你决意不让你的这一次成为一生的遗憾，那么这一次你就可能像那个已经用自己的宝血和生命为所有的人承担起罪责的人一样的圣洁。尽管你可能认为，此事和彼事之间没有可比性，但我要说的是，在自由的选择面前，没有什么在性质上不同的事情。

因此，最值得你敬重的人就是那些自由地选择了"失败"，从而为我们所有的人承担起遗憾甚至罪责的人，我们没有理由不向那些"自由的失败者"献上我们最虔诚的敬意。

七

好了，让我们再次回到今年评职称的现场。现在，去年、前年或者大前年甚至大大前年的"失败者"，也就是今年的"成功者"已经开始向你表示他们的感谢，感谢你对他（或者她）的支持。而他（她）本人已经完全忘却了，正是你在去年、前年或者大前年甚至大大前年将自己的选票投给了那些当年的"成功者"而不是他（她），然而他（她）对你却没有任何怨恨，他（她）是完全地忘却。

"我可是毫不怪你呵。"我想，他要说了，我即刻便受了宽恕，我的心从此也宽松了罢。"有过这样的事么？"他惊异地笑着说，就像旁听着别人的故事一样。他什么也记不得了。全然忘却，毫无怨恨，又有什么宽恕之可言呢？无怨的恕，说谎罢了。我还能希求什么呢？我的心只得沉重着。

——鲁迅：《风筝》

而现在的我想说的是,我要把我的沉重的心也一并交给你们——今年的"成功者"以及明年、后年……所有的"成功者"(无论推迟几年,你们所有的人早晚都是"成功者")。我把我的心交给你们,这是你们无法拒绝的,因为只要你是文学所人,你就必将参与讲述那一段又一段文学所人一代又一代不断重复的故事。你们之中的一些人有一天也会成为职称评委,你们也将像我们一样,僭越上帝的位置,去决定那些更年轻的职称申报者的命运,决定其中一些人的"成功"与另外一些人的"失败",同时让"失败者"承担起你们的罪责。

这就是我们共同的宿命。

但是,文学所人何以一代又一代即便深谙无以摆脱的宿命,却仍然像灯蛾扑火一样地奋不顾身呢?我想,只有一个理由,而所有其他的理由都不成立,这就是:我们为之前赴后继的自由的学术本身就有的至高无上的价值,或者说,她的价值就在于她自身,她只是用一种外在荣誉的形式肯定了我们每一个文学所人用一生去追求的东西,即便一辈子清贫如洗,也值得为之一试。

> 纵使有这样的情形发生,由于命运特别不幸,或是由于无情的自然的吝啬供养,这意志完全缺乏实现

其意图的力量，即使为实现目的而竭尽自己的所能，仍然毫无所成，而仅仅剩下善良意志本身，它都仍然如宝石一般，放射着自己本来就具有的光芒，就好似某个自己本身就具有全部价值的东西一样。善良意志有用或是毫无成果，既不能给这一价值增加分毫也不能减损分毫。其有用性似乎只是它的一个外在镶嵌物，为的是我们在交往中能够更方便地运用它，或是去吸引那些尚不是鉴赏家的外行人的注意，但却不是为了向行家们推荐它或借此决定它的价值。⑩

而这个无须向行家们推荐而本身就充满了无上价值的价值就是：自由地思想的权利。而文学所就是能够成就所有文学所人自由思想（的权利）的地方。⑪只有这个理由（而不是因为文学所这个地方比别的地方有更高的级别）才能够充分地说明，"文学所研究员"这项荣誉尽管本身拥有着无可比拟的价值却不应该被用来换取任何利益的原因，进而作为一项学术职称，她只不过是对我们为捍卫自己本该拥有的自由权利而作出的全部努力的报偿。我们看重这一报偿，因为我们敬重的是她在其本原之处的内在价值，而文学所人曾经讲究而且在将来也依然会继续讲究的所有"人情",也都表示我们对这一无上价值以及所有曾经向这一无上价值奉献过自己的那一份敬重之心的无比敬重。

2012年11月28日夜

注释：

① ［古希腊］亚里士多德著，方春书译：《范畴篇 解释篇》，商务印书馆1959年版第10页。

② 在亚里士多德那里，不能用来述说别的东西的主词似乎是专名（作为"某一个个别的人或某匹马"的"实体"，如苏格拉底），而"文学所研究员"不是专名，所以可以用作谓词或"摹状词"（罗素），因而即使在类比的意义上说"她自身不是用来实现在她之外的其他什么价值的手段——即不是被用来说明其他宾词的主词——因而她本身才具有至高无上的价值"是否合适，似可再考虑。——户晓辉批注。

③ ［德］康德著，孙少伟译：《道德形而上学基础》，九州出版社2007年版第5页。

④ 虽然只是设想，但与前文（所云"文学所研究员"的称呼具有）"至高无上的价值"是否矛盾？既然是至高无上的价值，

为什么还会成为干扰学术的难题?——户晓辉批注。这是一个很好的问题,可以展开来进一步讨论。如若按照康德的思路,我们可以说"文学所研究员"这一命名建立在有关学术自身的,以及有关学术荣誉的,即纯粹"道德的"和"事业的"双重价值判断的基础上,于是,"文学所研究员"的命名就内涵了一个不同价值判断之间的秩序问题。这就是说,唯当我们把该命名的道德价值置于其事业价值之前,"文学所研究员"的价值才是至高无上即出于纯粹理性的;反之,如果我们把该命名的事业价值置于其道德价值的前面,则"文学所研究员"的价值就是基于事业的经验结果与主体的主观感觉之间的感性关系。而现实的复杂性恰恰在于,学者也是人,人既是理性存在者也是感性存在者,所以,在本文的结尾,我特别强调了"文学所研究员"这个称呼"在其本原之处的内在价值",即在我们的纯粹理性的理解中,她的至高无上的价值。

⑤ 栾勋,男,曾用名南熏,美学理论家。1935年1月生于江苏省江都市浦头镇,1963年毕业于北京大学中文系,同年9月被分配到文学研究所工作,1996年以副研究员职称退休,2008年3月9日病逝于北京,享年七十四岁。主要论著有《中国古代美学概论》《论"环中"》等。网上可查到的纪念栾勋的文章有:汤

学智《一位不幸的才子——记栾勋》(《中华读书报》2008年11月17日)、扬子扬波《栾勋逸事》、亦木石航《怀念我的伯父栾勋先生》等。

⑥ 栾勋生前,李芹已罹患癌症,加上孩子待业,一家人全仰仗栾勋微薄的退休工资,可谓贫病交加。(见汤学智:《一位不幸的才子——记栾勋》,《中华读书报》2008年11月17日。)

⑦ "又问起另外两个女的。'一个在当大夫,另一个……你不知道?死了。死了七八年了。'我们在美术馆的游廊里坐了一会儿,说些往事,说着高原上的那条雪路。我心里似乎惴惴的,有个问题。'怎么死的?'不对,不是这个问题。'打窑时死的。她硬要进去掏土,窑塌了……''是哪个?她们俩,是哪个?''靳秀芳。''哪个是靳秀芳?那个挺漂亮的?'对了,是这个问题。'秀芳可不漂亮。'她说,望着街上往来的人流。我竟然松了口气,天!就因为她长得丑?'夏天死的,运不回来,只好埋在村后的山坡上。'我想起那个风雪之夜,那个小车站,靳秀芳给我们送烧饼来,放下就赶紧跑了,还红了脸。她已经死了,埋在了黄土高原上。她只不过长得不太好看,其实根本算不上丑。"(见史铁生:《插队的故事》,收入《礼拜日》,华夏出版社1988年版第169-170页。)

⑧［德］康德著，韩水法译：《实践理性批判》，商务印书馆1999年版第31页。

⑨［德］康德著，韩水法译：《道德形而上学基础》，九州出版社2007年版第145页。

⑩同上书，第5页。

⑪此句原为"而文学所就是能够赋予所有文学所人以自由思想的权利的地方"，遵黄裕生建议改定。黄裕生来信见本文附录。

附：文学所人关于"文学所人"的往来书信

【蒋寅来信】

吕微兄，读毕，异常感动。弟寅上

【高建平来信】

吕微兄：文章拜读，写得很好，很动情。当然，"人情"一事，只能是私下说说，在一些特定场合提一提，不可过于强调。职称评定当然要多方考虑，以学术和工作情况为主，不然就会被人诟病。祝好！建平

【黎湘萍来信】

吕微：读到了《做一个能够承担的文学所人》，深为感动。你说出了我心里的话，特别是作为一个"评委"所承担的"罪"与"责"的部分，没有人能说出这样深埋于心的感觉了。每年评职称，我也有想逃避的心理，其实就是害怕对"罪"与"责"的承担，然而，又必须逼着自己去面对和承担，这不独是让自己可以坦然面对参评的同事，也必须要能够做到坦然地面对自己的学术责任和良心。你的文章，应该发给各位同事读一读，我想，引起共鸣的肯定会很多。而它除了唤起对"罪"与"责"的承担感之外，也许也会清除存在于彼此之间的戾气，而多一份相互的理解和祝福，多一份对于"文学所研究员"所包含的学术责任的敬畏吧。我这样说，也并不意味着借由它，能够逃避自己的如影随身的罪感。有一点儿小意见：我想，没有评上职称的亦不是"失败者"。如果他们都很优秀而没有评上，可能只是受限于条件，时机未到而已。耑此，敬颂大安！

【黄裕生来信】

吕微兄：大作收到，并一口气拜读完。有情、有声、有理，更有信。有信，而使文章的情为纯粹之情，而非世俗之情；声为激扬之声，而非粗粝之声；理为深邃之理，而非简单的人事之理。自由之精神与独立之思想，乃"文学所研究员"之最根本价值所在，吕兄所见极是！人们在意这个称号，看重它，并非它所标明的学术水平与学术身份，更非与它匹配的福利，而在于这个称号所承载的内在价值本身。否则，没有它也不会成为一个学者的遗憾。就文章的整体意思来说，这个地方改动一下也许更好，即"文学所就是能够赋予所有的文学所人以自由思想的权利的地方"。自由思想的权利，是我们作为有自由意志的存在者，或者作为有理性的存在者，（生而）就有的权利，而不是任何他人或机构赋予我们的。所以这个地方改为这样也许更合你的意思：文学所是成就所有文学所人自由思想（的权利）的地方。祝冬安！

黄裕生[①]

【户晓辉来信】

大作拜读了两遍，正好与最近正在重读你写祁老师和锡诚老师的两篇形成共鸣。康德再世回看文学所之事，加上你的诗人气质，构成感人情怀与深刻思辨的交相辉映和融合，实乃吕氏春秋也！受教之余，只是疑虑："至高无上"应该加在学术自身上还是加在学术荣誉和称号（即便是"文学所研究员"！）上，似可斟酌。大作虽是散文,仍颇费思虑。爱东把他群发的你的修订版也发给了我,不知别人读起来是否真的感觉轻松。从人性的光明面和卓伟面着眼,是你一贯的立场。我很赞赏你对马老师"人情"说的解释,尤其是全文最后把能够承担罪与责归为至高无上的价值——文学所人自由思想的权利,是大作至深且独步之处。在现实世界里,听说往年没评上的要炸楼、要跳楼的都有,你当然可以不谈这些,而慧眼独具地从纯粹理性的角度着眼这些看似平常的俗事。但也许是我对你和康德理解得不透,即便你做了划分,我仍觉得你把至高无上的(哪怕是纯粹道德)价值放在"文学所研究员"上有误置之嫌,即便如你所说是它"包含"的价值。在感性世界里,也许它有"无可比拟的"(但我觉得有与它可比的)价值,但不等于"至高无上的"(事实证明,有比它高的价值,见拙批注)价值。在理性世界里,它只是一个称号,恰恰是谓词而不是主词,即便如徐公说的是"至高无上的荣誉"(如果较真,我从两个世界的角度都不太同意这种说法,说难听一些:这话有自恋和自大倾向)。它本身包含事业价值但无道德价值。只有当我们用它来分配或者考虑配当问题时,它才有道德价值,但也只是成为纯粹道德实现的一个契机(人们可以拿它做道德之事,如你所描述;但也可做非道德的事情,如现实中经常发生的那样）而已。所以，虽然我看出你在价值解释方面有层层递进的关系，但仍然不能很好地理解你对这个称号的虔敬之心（在我看来，你是先赋予了它至高无上的价值所以才有了虔敬，虽然我赞赏你对崇敬之心的崇敬）。在我看来，虔敬的是学术或自由本身而非称号。即使从纯粹理性角度来理解，文学所人的"人情"是担心误用了称号的配当，而该当称号而未当的人之所以能够释怀，是因为他们能够放弃这个即使"不可比拟"但并非至高无上的称号，因为还有比它更高的价值，即学术自身的价值以及自由思想和行动的权利，这些才是不能增减分毫的东西或价值，再高的称号都是可以放弃的，而且事实上有些人的确是放弃了。称号可能类似于准则，但能否变成道德法则，事在人为。被误解是很难受的，大概又要让你难受一回了。不妥之处，尽请指教！祝好！晓辉上。

【吕微复户晓辉信】

晓辉：你注意到了三个层次：第一，文学所研究员的职称（学术荣誉）；第二，学术自身；第三，自由思想的权利。的确是我想说明的。"学术荣誉至高无上"（徐公持）和"人情"（马昌仪），都是文学所人给出的最高命题，因此是我想解释的,并将其最终归结到"自由思想的权利"(甚至不仅仅是学术)上。如果不是最终归结为自由,无论职称还是人情都不具有至高无上的性质,而"只能是私下说说"(高建平)的东西。你说呢?在我写的有数的几篇"散文"当中,此篇其实是最"饶舌"的一篇。我认为我没有被你误解,而是被你正确地指出了我的含混之处,所以我没有丝毫难受的感觉。关于"文学所研究员"不是专名,因而可以用作谓词而在严格的逻辑意义上不可以用作主词,我们之间大概没有什么分歧,我赞赏你的严格要求。我们的分歧在于,我认为可以类比地使用,而你认为类比地使用也不合适。进一步说,你真正的意思也不在于类比不类比,假使你可以容忍类比,但你不能认同"文学所研究员"这个称号具有"至高无上的价值"的说法。你坚持,至高无上的价值仅仅属于"学术或自由本身而非称号",这我当然同意,所以我视该称号为自由实践(道德)的配当,在这点上,我们似乎也无大的分歧("只有当我们用它来分配或者考虑配当问题时,它才有道德价值")。分歧仅仅在于,你认为,这个称号在配当的意义上"也只是成为纯粹道德实现的一个契机(人们可以拿它做道德之事,如你所描述;但也可做非道德的事情,如现实中经常发生的那样)而已";而我认为,该称号属于"至善"这个道德实践的完满目的或最终目的（因而称号只能是法则或准则的对象而不可能是法则甚至准则本身）的第二个目的（第一个目的当然是至高无上的道德）。由于我们的着眼点不同，所以我们给予这个称号的价值评判的标准就产生了宽窄之别。我的意思是：把对称号的敬重界定为对学术和自由的敬重（也许你的主张是对的，只有对道德的敬重，而不能有对幸福的敬重，所以我最后对"看重"和"敬重"作了一点儿在你看来没有实质性效果的区分）；而你的主张是：撇开对称号的敬重而直接敬重学术和自由本身——"该当称号而未当的人之所以能够释怀，是因为他们能够放弃这个即使'不可比拟'但并非至高无上的称号，因为还有比它更高的价值，即学术自身的价值以及自由思想和行动的权利，这些才是不能增减分毫的东西或价值，再高的称号都是可以放弃的，而且事实上有些人的确是放弃了"——这说明，你比我对人性有更为英雄主义式的"光明面和卓伟面"的直接要求（这是对的，这是道德法则的强制要求），而我是通过普通人（学者也是普通人）的幸福愿望出发，还原出幸福愿望的道德前提（《实践理性批判》前七节的方法）。我认为，我自己之所以能够这样做，前提是区分理论的学术和实践的学术，改变过去那种只把学术视为事业，以及学术荣誉仅仅"包含事业价值但无道德价值"的认识。在仅仅视学术为事业——理论的学术作为人的自然能力的最高延伸——的条件下，徐公的说法是成立的，但也正是我希望重新解释的。作为自然能力的幸福回报的至高无上的学术荣誉，不是我所希望的，我希望将作为自然研究的学术提升为作为自由实践的学术（纯粹实践理性的严格科学），也就是说，将学术荣誉的至高无上的价值根源置于人的自由思想和行动的能力和权利的基础上，所以，学术荣誉具有至高无上的自身价值的说法，不知是否可以理解为首先悬置其学术的纯粹理论理性的价值根据，然后再重建其学术的纯粹实践理性的价值根据。不妥之处敬请批判！

【户晓辉来信】

我昨天又看你的大作《何其芳的传说》与2012年写的《做一个能够承担的文学所人——献给文学研究所六十周年诞辰》，窃以为前者比后者写得好；当然你的有些观点，我有不同看法，尤其是对那些熟人和"研究员"称号的评价，我已如实汇报过，窃以为有点儿过高。

【吕微】

重读康德《实践理性批判》，康德一方面认为，不能把事业、功业、业绩直接与道德实践挂钩;另一方面又认为,事业、功业、业绩作为可以被仿效的道德实例,可以促进道德实践。前者如:"无论任何时候我们把夸耀功业的念头带入我们的行为,动力随后就已经混杂进某种自爱的东西,于是得到了来自感性层面的一些襄助。"② "〔如果〕心灵不是期待那些行为出于职责,而是将他们作为单纯的功业来期待——这就是真正的道德狂热和过度自负。因为不仅通过以这样的原则仿效这样的业绩,他们丝毫没有满足法则的精神……于是忘却了他们的本分,正是这种本分而非功业原本是他们应当思考的。其他那些具有极大的牺牲精神并仅仅出于法则的缘故而作出的行为,也很可以在高尚和崇高的业绩的名义下受到称赞,不过只有在存在着某些迹象可让人推测这种行为完全出于对职责的敬重,而不是出于心血来潮的情况下,这才是可以的。"③ 后者如:"敬重是我们对于(道德)功业不得不表示的礼赞,无论我们愿意与否;我们至多可以在外表上抑制它,但却不能提防在内心感受到它。……诚然,伟大的天才及与其比配的事业也能唤起敬重或与之相似的情感,而将这种情感献给他们也完全是合适的,从而在人看来景仰与敬重仿佛一样。不过,当我们仔细一看,就会注意到,因为才具多少归于天生的能力,有多少归功于来自勤奋的修养,向来是不确定的，所以理性就向我们提出一个设想说，才具乃是培养的结果，因而是功业，后者明显地抑制了我的［道德］自负，并就此切责我们或强使我们以适合我们的方式仿效这样一个实例。这个敬重，这个我们向这样一个人（其实向由他的实例呈现给我们的法则）表示的敬重，并非单纯的景仰；这一点又得到如下的证明：当许多一般的仰慕者相信已经从随便什么地方得知这样一个人（如伏尔泰）的品格的污点时，所有对他的敬重随之消散，但是真正的学者至少鉴于他的天才仍然一如既往对他怀有敬重，因为他自己所从事的事业和职责在一定程度上使仿效此人成为他的法则。"④

注释：

① 黄裕生：原是中国社会科学院哲学研究所研究员，书信往来时，黄裕生先生已到清华大学哲学系任教。黄裕生先生虽然不是文学所人，却是真正的"文学所人"，是文学所真精神的最好阐释者。

② ［德］康德著，韩水法译：《实践理性批判》，商务印书馆1999年版第173–174页。

③ 同上书，第92–93页。

④ 同上书，第84–85页。

上帝之爱在吾心中

一

某年某月某日某人吕微,与黎湘萍、严平同乘欧洲火车,三人联席而坐,对面则是一对先已落座的老外中年夫妇。其时列车西行,日落前的强光直射临窗的严平,颇为刺眼。吕微救美心切,二话不说,一步上前拉上窗帘,窗外美景顿时失框,引发对面背对日光的临窗乘客(其中的妻子)的不满,口中喃喃(应该是认为吕微此举不顾正在欣赏框中窗外美景的他人意愿)。吕微当即还以颜色,亦口出不逊——其实二人言语不通(对方不晓汉语,吕微也不知对方讲的究竟是哪邦国语方言),只是依凭其表情、语气揣测对方的意思——又引起对面乘客(妻子)旁边的乘客(丈夫,同样是护花骑士)的盛怒,且口气嚣然,似乎就要将白手套掷于吕微的脚下。见状,湘萍即时示意制止了吕微,并(用好歹大家都略通的英语)代吕微向对方好言道歉(吕微事后承认:自己做事的确鲁莽,正如同行的蒋寅所言,事前应征得对方的同意)。于是,庶人之风既起于青萍之末,激飏熛怒于土囊之口,而旋即离散转移于秀木之前。

然而事情并未结束,争执方息,列车掉头,这一回是强烈的日光直射对面临窗的乘客(妻子),耀然刺目,对面乘客(其中的丈夫)陷入尴尬,既想拉上窗帘以佑妻子,又惧难追之言自啮其身而羞于启齿。吕微一时心中窃喜,以为上天有眼,上帝有信,主持公道,惩恶扬善。正在对方两难之际,又是湘萍主动请问对面的夫妇,是否需要拉上窗帘以避强光,对方一时心中感动,情溢于表。吕微亦自惭形秽,自愧不如湘萍的大度与善良;当然,这又并非仅仅因为湘萍外在的君子风范,而是因为在座的每一个人都因湘萍内在的贤者情操而体会了"上帝之爱在吾心中"的启示箴言。

但是诸如爱上帝甚于一切和爱汝邻人如爱己这样一类命令的可能性与法则是完全符合一致的。因为它正是作为命令,要求敬重那条以爱命令人的法则,而非听任随意的选择使爱成为原则。……因此正是实践的爱在一切法则的那个核心之中才被理解。爱上帝在这个意义上意谓着乐意执行[上帝]它的命令;爱邻人意谓着乐意对［邻人］他履行所有职责。①

湘萍用自己的故事为我们树立了遵循"使爱成为原则""以爱命令人的法则"即"爱汝邻人如爱己"的"实践的爱"的"道德法则榜样"。

对于一个我亲见其品节端正而使我自觉不如的素微平民,我的心灵鞠躬,不论我愿意与否,也不论我如何眼高于顶,使他不忽视我的优越性地位。为什么呢?他的榜样将一条道德法则立在我的面前,当我用它与我的举止相比较时,它平负了我的自负,并且通过这个在我面前证实了的事实,我看到这个法则是能够遵循和实现的。②

二

从欧洲回国以后,朋友们之间有过一次讨论,但这一次讨论的不是湘萍本人的品性和品行,因为没有人不承认甚至不钦敬湘萍的德性(作者用"德性"偏向于指"原则"),而只是在

"理论"上分析,湘萍的前后两次德行(作者用"德性"偏向于"行为")——日常生活中的"小事情",事无巨细都可以成为我们在道德上自我反省的契机,无论奥古斯丁"偷梨"[③]还是孔融"让梨"[④]——的事情本身在伦理上的归属性质与纯粹程度,即外在的君子风范与内在的贤者情操之间的细微差别。湘萍的第二次善行,当然已经是与吕微无关而完全出于"爱汝邻人如爱己"的纯粹善意;但湘萍的第一次善行,即蒋寅赞为"大国学者的修养",或许"只是替你道歉、解释和圆场"的"单纯的礼貌和修养之举"?[⑤]那么,社交中常见的礼貌和修养是否属于道德行为呢? 对此问题,当年的康德,虽然并未主张良好的社交就直接是道德;但实践地看,康德还是宽容地表态,良好的社交责任("类似于德性的外表""表现出来的责任")可以向纯粹的道德义务过渡("使这种外表尽可能接近真实")。这是因为,良好的社交能够"促成了德性情感本身"因而"给德行添加光彩""至少使得德性变得可爱"。

> 以其道德的完善性彼此间推进交往(交往的义务,社会性),不把自己孤立起来(离群索居),不仅是对自己的义务,而且是对他人的义务;虽然不是

给自己制作一个其[道德]原理的不动的中心，但却毕竟也把这个围绕自己划出的圆圈视为构成世界公民意向的一个无所不包的[道德]圆圈之部分的圆圈；不是为了恰恰把世界福利[直接]当做目的来促成，而只是培养间接地导致世界福利的相互意向，培养这意向中的安逸、任意相处、互相的爱和敬重（平易近人和举止得体，审美的和文雅的人性），并给德行添加光彩；做到这一点，本身就是德性义务。这虽然只是些[道德圆圈]外围的东西或者附属的东西，它们给人一种美的、类似于德性的外表，但这外表也不骗人，因为每个人都知道，他必须把这外表当做什么来对待。虽然这只是小事情，但却毕竟通过努力使这种外表尽可能接近真实，在易于交往、健谈、礼貌、好客、婉转（在反驳而不吵架时）中，把它们全部都当做与表现出来的责任打交道的方式，促成了德性情感本身，由此人们同时使其他毕竟致力于德性意向的他人承担责任，因为它们至少使得德性变得可爱。⑥

有一次，康德甚至说到"可以允许[社交]的道德假象"。

人总的说来越文明便越像个演员（《老子》云"智慧出，有大伪"——笔者补注）。他们领受了和蔼可亲、彬彬有礼、庄重和无私的假象，而不用来欺骗任何人，因为每个别人倘若并不那么认真对待这事，对此也还是赞同的。而且世风如此也是极好的事。因为通过人们扮演这种角色，他们在整个漫长时期里只是矫揉造作出来的这种德行的假象，也许最后会真是一步步唤醒德行，并过渡到[道德]信念。⑦

对康德关于社交表演作为道德假象可以"唤醒德行""过渡到[道德]信念"的实践可能性，邓晓芒进一步解释说：

> 人性的善都是装出来的，不必避讳，也不必玩弄辞藻，人不可能改变自己虚伪和自欺的本性；但这种虚伪和自欺不仅仅只是人的当下生存之道，而且也是引导人走向真诚的必由之路，所谓"习惯成自然"。当人们认识到这种自欺并且接受为常态，就不再被这种虚伪所欺骗，而是人人都具有了表演意识和反省精神，在自己和自己的角色之间拉开了距离。我们不必

骂某个别人是乡愿之徒，我们每个人都有乡愿的成分，但当我们意识到自己与自己扮演的角色之间的距离，我们就有了努力接近自己的角色的余地，而不再相信一步到位的"诚"。⑧

这样，倘若我们接受康德的想法、说法，甚至按照康德的做法，"并不那么认真对待［社交］这事"，即当我们把良好的社交"全部都当做与表现出来的［道德］责任打交道的方式"，那么，我们甚至可以承认，良好的社交形式（而非社交内容）或许"本身就是德性义务"。

三

在解决了社交是否道德的问题之后，一个更严峻的问题摆在朋友们之间。这问题原本并不构成一个问题，因为我已经说过了，"没有人不承认甚至不钦敬湘萍的德性""湘萍的第二次善行，当然已经与吕微无关而完全出于'爱汝邻人如爱己'的纯粹善意"。但问题恰恰也出在这里，即，如果我们接受康德严格目的论的道德学说，那么，只有在出于道德法则而不是仅仅合于道德法则的内在意向动机的主观必然性条件下，我们才能够说，一个人的行为是道德的。这样，根据康德严格目的论的道德学说，我们如何判断"贤者情操"也绝对地具有出于法则的纯粹性和内在性呢？换句话说，怎样才能够通过外在的经验现象"诛心"地判断一个人的道德行为的内在意向动机的主观必然性道德性？在这个问题上，康德反倒承认，通过经验现象理论地认识一个人内在的、主观的意向动机，也就是孟子所谓每个人生而具有的"不忍人之心""端"（《孟子·公孙丑上》），几乎是不可能的。

当我们注意人们的行为举止方面的经验时，我们就遇到了经常的、也是我们自己承认为正当的抱怨，即根本不可能援引任何可靠的实例来说明那种出于纯粹的义务而行动的意向，尽管有些事情的发生可能会与义务所要求的相符合，但它是否真正出于义务而发生，从而具有某种道德价值，却始终是还可疑的。因此，任何时代都有哲学家们全然否定在人的行动中这种意向的现实性，并把一切都归于或多或少精致化了的自爱，并不因此而怀疑这种德性概念的正当性，反而带着由衷的惋惜谈到人的本性的脆弱和不纯正，人的本性固然高贵得足以给自己树立一个如此值得敬重的理念来作为自己的规范，但同时却过于软弱而无力遵守这规范，并把本来应当用来为自己立法的理性仅仅用来操心爱好的兴趣，无论是个别地操心，或者提高来说，以这些爱好相互之间最大的相容性来操心。实际上，绝对不可能凭借经验完全确定地断言一个单个事例，说其中某个通常合乎义务的行动的准则是仅仅建基于道德的根据及其义务的表象之上的。因为虽然有时有这种情况，我们通过最严厉的自省，也无法找到任何东西，除了义务的道德根据之外，能有足够的力量推动我们做出这样那样的善行、付出如此巨大的牺牲；但由此我们根本不能有把握地断定，确实完全没有任何隐秘的自爱冲动，藏在那个理念的单纯假象之下，作为意志真正的规定性的原因；为此我们倒是乐于用表面上适合我们的更高贵的动因来迎合自己，但事实上，即使进行最严格的审查，我们也绝不可能完全走进背后隐藏的动机，因为，如果谈论的是道德价值，那么问题就不取决于人们看到的行动，而取决于人们看不到的那些内部的行动原则。⑨

这就是我们不仅钦佩湘萍外在的君子风范，更钦敬其内在的贤者情操时，面对理论理性的强有力质疑而遭遇的实践理性尴尬。按照理论理性的认识论，任何道德目的的外表背后，都可能隐藏着我们本人难以意识到（例如潜意识）的自爱（自负甚至自私）动机的内里；换句话说，在理论理性面前，任何道德行为都可能是虚伪甚至伪善的道德表演。

四

我这时突然感到一种异样的感觉，觉得他满身灰尘的后影，刹时高大了，而且愈走愈大，须仰视才见。而且他对于我，渐渐的又几乎变成一种威压，甚而至于要榨出皮袍下面藏着的"小"来。这事到了现在，还是时时记起。我因此也时时熬了苦痛，努力的要想到我自己。独有这一件小事，却总是浮在我眼前，有时反更分明，教我惭愧，催我自新，并且增长我的勇气和希望。

——鲁迅：《一件小事》

康德以后一百多年，鲁迅几乎把康德在"素微平民"面前"心灵鞠躬"的那一幕又放映了一遍——这足以证明康德所言道德情感是我们唯一能够用概念先验地洞察的必然可能性情感形式和情感内容，[10]因而我们甚至可以称之为理性"附加物"的"人格性［天生］禀赋"[11]——但我同时也就发现，今天的理论家们比康德时代的理论家更习惯于理论地认识实践的道德行为并试图消解或解构其道德动机，尽管今天人们援引的理论不再是康德式的古典"表演理论"[12]，而是后现代的"消费理论"。

迄今为止，这些［描写人力车夫的］创作中影响最大、引用最多的是鲁迅的《一件小事》。横眉冷对千夫指的鲁迅对人力车夫的态度很是温和，并认为其形象需要仰视才见，以至于"要榨出皮袍下的'小'来"。尽管在鲁迅笔下，人力车夫面前的文人道德上是如此微不足道，但人力车夫的背影也带上了一缕阴郁、决绝甚或畸形的道德阴影。与现实生活中的人力车夫实像相较，在五四"劳工神圣"的光环下，这个需仰视才见的高大背影不过是一瞬间浪漫主义的臆想。无论同情心和良心的拷问是如何本真，当文人"消费"劳工时，感性始终高于理性，笼罩在字里行间的是坐和拉双方都无力自拔、无可奈何而苍白、惨淡的光晕与晕眩。⑬

我始终不能理解，为什么车夫的道德榜样——即便只是"可以允许的道德假象"——就一定是"畸形的道德阴影"？我们可以承认，在日常生活中，车夫们的表现并不总是道德的，甚至经常是不道德甚至有时是反道德的，因而因"无力自拔"的"无可奈何"而显得"阴郁、决绝"。但是当某一个体的车夫表现出"一瞬间"的高尚，就一定只是文人们"浪漫主义的臆想"因而是"苍白、惨淡的光晕与晕眩"，而不是现实主义的现象学—先验论观念直观的本质还原？较之古典主义的"表演理论"，后现代主义的"消费理论"在理性始终高于感性——反上文引"感性始终高于理性"之义而用之——这一方面的确是更胜一筹。我简直可以说：理性！太理性了！太理性得甚至有点儿冷酷甚至残酷。⑭

如果说康德"表演理论"还试图为表演者的社交行为做道德可能性辩护，那么后现代"消费理论"则质疑了表演的文人消费者自身在道德上的"微不足道",甚至以"劳工神圣"的名义"消费"劳工表演者的"自爱""自怜"[15]的道德虚伪,就像康德说过的,"当灵魂看见神圣的法则超越自己及其有缺陷的本性之上时,就相信自己亦同样程度地升华"[16]。于是,在号称价值中立、道德无涉的后现代理论理性的"消费理论"面前,任何道德行为可能的纯粹实践理性自由意志的道德动机都被解构或消解了,进而"在一切的榜样真实性都受到怀疑,一切人类德性的纯粹性都为人否定之后,德行最终被人完全当作一个单纯的幻想,于是一切向着德行的努力都被鄙视为矫揉造作和虚假自负"[17]。

但康德似乎早就预见到后现代"消费理论"可能对道德行为的道德动机的消解或解构,为此,康德令人信服地证成:在道德判断中,不是"感性始终高于理性",而是人们的道德情感("同情")始终是由纯粹实践理性—自由意志的普遍立法的道德法则对感性的贬损而反弹地激发出来的。以此,那些怀疑他人道德心("诚")的人,倒是应该自我反省,为什么理性的道德法则以及情感的道德榜样能够从感性上激发一些人的同情心,而自己的感性却无动于衷;由此也就指示了,要同情他人的道德行为和道德动机,自己至少也应该是"大致诚实的……正直的人"[18]而具备起码的道德能力吧?!

五

对于持彻底的目的论道德学说的康德来说,道德实践的真义并不在于行为的结果之合于法则的条文(智者的外在风范),而在于行为的目的之出于法则的精神(仁人的内在情操)。但是,何谓"出于法则"?是因感性形式的道德情感能力(这里暂时排除了非道德的情感能力即单纯的感性形式)而出于法则,还是因纯粹理性形式的实践意志能力而出于法则,又大有讲究。如果是前者,那么,即便是因为道德情感,其行为目的之出于法则,似乎也只能是主观上或然的而不具有客观必然性;从而,无法被先验地普遍化的道德情感,才往往被人们视为个别善良人天生的禀赋,即并非每个人都天生地有同情心——从宗教的立场看,某个人天赋的同情心似乎只是上帝拣选的恩典;但每个人都天生地应该有同情心又是上帝普降的恩典——以此,"出于道德情感的普遍法则"就是一个自相矛盾的目的论道德实践命题。

但是,在排除了仅仅因为道德情感而出于法则的先验普遍性之后,如果纯粹实践理性的自由意志本身就必然可能给出出于法则的道德目的——尽管并不必然现实地行出道德结果——那么,

"出于纯粹实践理性—自由意志的普遍法则",就是一个自我统一的道德目的论实践命题。这样,站在道德目的论的实践立场上看,不是道德情感而是自由意志的纯粹实践理性,才是行为出于法则的道德目的的客观必然性先验条件。

康德认为,根据行为的结果,经验地判断其是否合于法则,并非难事(如果法则已经先验地被给予);难的是根据行为的目的,经验地判断其是否出于法则。但后者几乎是不可能的,否则就是诛心之论。以此,康德的目的论道德学说,作为实践命题,其根本的任务,就不在于根据行为的外在结果,从理论上判断其事实上实然("是……")的道德性(当然这也是道德学说的任务),而在于从原理("人们看不到的那些内部的行动原则")上实践地规定行为的内在目的之价值上应然("应该……")的道德性。

但是,尽管根据行为的外在结果的经验事实理论地判断其内在目的的道德性,是一件勉为其难的事情,但康德还是在《道德形而上学奠基》和《实践理性批判》中设想了种种从行为的外在经验结果的事实还原其先验内在目的之道德性的"理性实验",以演绎行为目的之出于法则的理性意志的客观必然性先验条件。例如,如果一个人在道德情感的主观必然性并未先验地在场的条件下，依然行出了合于法则的行为结果（例如一位富人本来对穷人并没有什么同情心但最终还是帮助了穷人），人们就有理由相信，这位富人根据其理性意志而行出的合于法则的行为结果，尽管其行为目的并不一定在事实上就是出于法则，但至少这位富人在事实上已经承认，决定行为目的的理性意志之出于法则，应该是对每一个人都有效的客观必然性。康德的"理性实验"表明，没有道德情感先验地参与的道德行为最易于彰显行为目的的理性道德性。

于是就有人误解了康德，认为康德完全否认了道德情感是出于法则的行为目的的先验条件的主观必然性。且有人打趣说，为了让我的帮助朋友的善良行为出于道德法则，我得先把我和朋友的关系变成我与敌人的关系（敌我矛盾），或者至少变成我与陌生人的关系（人民内部矛盾）。[19]于是在排除了任何道德情感的主观必然性先验条件之后，我的帮助朋友的善良行为才有可能证明我的出于法则的行为目的之纯粹实践理性自由意志的客观必然性先验条件；否则，我的帮助朋友的善良行为的道德目的性就不具有被彰显的先验条件。

这当然是对康德的极大误解。即，康德彻底的目的论道德学说，决定了其"理性实验"所提供的通过行为结果而还原行为目的之出于法则的演绎方法，只是为了将行为目的之出于法则的客观必然性先验条件，严格地落实为人的纯粹实践理性的自由意志形式，而不是道德情感的感性形式。即，如果行为目的之出于法则的道德性，只能诉诸对行为目的的自我普遍立法，那么，普遍自我立法的客观必然性先验条件，就只能是人的纯粹实践理性的自由意志形式，而不可能是道德情感的感性形式。

这是因为，尽管纯粹实践理性的自由意志形式和道德情感的感性形式，都是人的客观、普遍、必然的先验能力，但只有纯粹理性的意志形式，作为主动自发性能力，才可能给出严格（绝对）的普遍性、无限性的理性原则内容，而情感形式（即便是道德情感的感性形式）本身，作为被动接受性能力，在纯粹理性意志形式尚未普遍地立法的先验条件下，却只能被动地接受相对的特殊性、有限性感性规则内容。以此，对行为目的（立法内容）之道德性的普遍性自我立法形式，就只能诉诸人的纯粹理性形式的意志能力，而不是感性形式的情感能力（即便是道德情感能力）。正是以此，康德才把理性意志形式而不是道德情感形式，置于为行为目的的道德性普遍地自我立法的客观必然性条件的先验位置上。这就亦如梁实秋说过的，"同情是重要的，但普遍的同情是要不得的"。其实不是"要不得"，而是因为普遍同情作为道德立法的先验条件，原本就不成立。

当然这并不意味着，康德在坚持纯粹理性形式的意志能力是行为目的之道德性的客观必然性先验条件的同时，竟完全否认了感性形式的道德情感能力（如同情心）是行为目的之出于法则的主观必然性先验条件。只是康德认为，与纯粹理性形式的意志能力不同，感性形式的道德情感能力，并非自发地给出法则（普遍立法）的客观必然性（对每一个人在客观上普遍有效的）先验动力条件，而只是接受并行出法则的主观必然性（对每一个人在主观上普遍有效的）先验动机条件。但是，这一接受并行出法则的感性形式的道德情感能力的主观必然性动机的先验条件，在康德看来，其重要性有时竟甚于给出法则的纯粹理性形式的意志能力的客观必然性动力的先验条件。

> 一切道德判断中最为重要的就是，格外准确地注意一切准则的主观原则，这样，行为的一切道德性才被安置在行为出于职责和出于对法则的敬重必然性之中，而不是安置在行为出于对行为可能产生［结果］的东西的热爱和倾心的必然性之中。[20]

这里，康德区分了纯粹理性形式的意志能力，作为给出法则的客观必然性先验动力；以及感性形式的道德情感能力，作为行出法则的主观必然性先验动机。于是，我们甚至可以这样说，如果纯粹理性形式的意志能力，作为给出法则的客观必然性动力，是行为目的之出于法则的道德性的先验必要条件；那么感性形式的道德情感能力，作为行出法则的主观必然性动机，甚或就是行为目的之出于法则的道德性的先验充分必要条件。康德认为，如果没有感性形式的道德情感能力作为先验动机的主观必然性，在普遍立法（逻辑上的）之后，单纯任由理性形式的意志能力的自由选择——这里暂不细述康德所区分的纯粹理性普遍立法的自由意志形式和一般理性任意选择的自由意志形式——就有可能，或者行出伪善的合法行为，或者径直就行出恶的违法行为。而这两种情况，只有在感性形式的道德情感能力作为主观必然性动机主动参与的先验条件下，才可能避免理性意志的伪善甚至恶的任意选择。以此，真正出于法则的道德行为，也就必定同时奠基于普遍立法的纯粹理性形式的意志能力（作为客观必然性动力的主动自发性），以及行出法则的感性形式的道德情感能力（作为主观必然性动机的被动又主动的接受性）的先验条件之上。

这就是说，一方面，真正的道德行为一定不是单纯出于感性形式的道德情感能力的主观必然性动机的行出法则，而是首先出于纯粹理性形式的意志能力的客观必然性动力的给出法则；另一方面，真正的道德行为一定也是出于感性形式的道德情感能力的主观必然性动机的行出法则，而不是单纯出于纯粹理性形式的意志能力的客观必然性动力的给出法则。

　　换句话说，对于真正的道德行为来说，纯粹理性形式的意志能力和感性形式的道德情感能力，作为客观必然性动力和主观必然性动机的先验条件，其发挥的作用是不同的。对于每一个人来说，纯粹理性的意志形式和道德情感的感性形式，作为先验能力，同为上帝的恩典（不是拣选的恩典而是普降的恩典）。正是因为纯粹理性形式的意志能力，立法的内容才具有了（对每一个人来说的）客观必然性和普遍有效性。与纯粹理性形式的意志能力不同，人的感性形式的道德情感能力，因其先验的被动接受性而不能主动自发地参与普遍形式的客观立法，但却能够在主观上被动又主动地接受且行出普遍立法的超越性、无限性内容，即其接受且行出道德法则，在主观上也是必然可能和普遍有效的。以此，唯当纯粹理性形式的意志能力作为先验动力形式，用普遍立法的超越性、无限性内容在客观上必然地规定了感性形式的道德情感能力；反过来说，感性形式的道德情感能力作为先验动机，在主观上必然地接受了纯粹理性形式的意志能力的普遍立法内容，一个真正的道德行为才会发生。这样，康德就用现象学方法直观地描述了道德情感形式被动且主动地接受理性意志形式及其立法内容而给出出于法则的道德行为这一现象学经验的实践现象。

在纯粹理性自发形式的意志能力——作为客观必然性先验动力——先验地规定的超越性、无限性法则内容（"高大"、崇高）面前，每个人因其感性接受形式的情感能力——作为主观必然性先验动机的感性条件——在普遍立法（逻辑上的）之前，仅仅经验地接受了世间性、有限性准则内容（"小"、渺小），都会感到"自惭形秽、自愧不如"（吕微）进而倍感"威压"而"时时熬了苦痛"（鲁迅）；但是，这种"自惭形秽、自愧不如"因而"时时熬了苦痛"的倍感"威压"，却因其世间性、有限性内容对于超越性、无限性内容，在主观上必然可能的"仰视"（鲁迅），而反弹地激发出同样必然可能的敬重，这种敬重就是因理性形式"威压"感性形式的世间性、有限性内容而使后者"仰视"前者的理性形式的超越性、无限性内容而先验地觉醒因而可以普遍地要求于每一个人的道德情感，这种道德情感因其被动的主动接受性，被康德采纳为道德行为在主观上必然可能性

（不是或然可能性，也不是必然现实性）的先验动机。

康德强调，道德情感能力虽然以人的感性接受性形式为先验条件，但并非起源于人的感性被动接受性形式，而只是以后者为条件（否则道德情感能力就不可能被动又主动地接受立法的普遍内容而成就其作为先验动机的主观必然性），而是起源于纯粹理性形式的意志自发性形式（作为客观必然性先验动力）先验地所与的道德法则的超越性、无限性内容。以此，道德情感才通过先验的感性形式而接受了普遍的理性内容，正是这种并非起源于感性形式及其世间性、有限性感性内容，而是起源于纯粹理性形式及其超越性、无限性理性内容的道德情感能力，在清除了所有理性形式的意志能力任意选择的恶的和伪善的经验性甚至理性内容之后，人的实践才真正是出于纯粹理性形式的意志能力的客观必然性先验动力，同时也出于感性形式的道德情感能力的主观必然性先验动机的道德行为。

真正的道德行为并非首先出于感性道德情感而是首先出于纯粹理性意志，但也并非仅仅出于纯粹理性意志，同时也出于感性道德情感，即真正的道德行为是出于"理性的情感"——但要注意纯粹理性和道德情感作为道德行为的客观必然性先验动力和主观必然性先验动机之间的先后次序，是前者觉醒了后者而不能用后者代替前者——康德指出，单纯出于理性和道德情感，都能够行出合于法则的道德行为，但都不是必定就能够行出于法则的道德行为，只有出于"理性的情感"，才必定能够给出且行出真正的道德行为。[21]但是，出于"理性的情感"的道德行为，必定又是我们每一个普通人（理性兼感性存在者）难以做到的——这就要求纯粹理性作为行为目的的客观必然性动力和道德情感作为行为目的的主观必然性动机的先验综合——但是，在人这里难以做到的事情，在非世间性的超越性存在者上帝那里，却是绝对的必然性（在上帝那里，情感就是普遍理性，理性就是无限情感，二者之间的关系是纯粹形式的分析同一性）；而在世间性超越性存在者"人子"这里，则是必然的现实性（在"人子"这里，就是感性对纯粹理性的先知、先觉，纯粹理性和道德情感之间的关系是纯粹形式的先验综合）；进而在世间性有限性存在者"人"这里，更是必然的可能性（在"人"这里，则是道德情感对于纯粹理性的后知、后觉，因而纯粹理性和道德情感的关系是借助纯粹形式的先验综合，形式对质料的先验综合）。于是，道德法则严格地要求于"人"的，就是把"上帝之爱"的"理性的情感"移植到我们每一个人的内心里就像"人子"为我们树立的榜样那样。这样，将"上帝之爱在吾心中"作为道德法则的绝对命令，作为启示的箴言同时又并非仅仅作为启示的箴言，康德也就为世间性的伦理实践，奠定了——每一个人天赋（天生禀赋）的先验理性—情感形式的自由权利及能力即"人皆可以为尧舜"（《孟子·告子上》）的——道德形而上学的先验基础。

六

敬重远非一种快乐的情感，因而相对于每一个人时我们仅仅不情愿地让位给它。我们试图找出某种能够减轻敬重的负担的东西，找出某种责难以补偿由这个实例给我们带来的贬损。甚至死者，尤其当他们的实例显得无法仿效时，也并不总是避免了这种批评的。即使庄严崇高的道德法则本身也落入了对它拒不敬重的企图之中。我们可以想一想，人们情愿将道德法则贬低成亲昵的禀好，可以归咎于其他原因吗？我们不惮费力，使道德法则成为有助于我们已了然于胸的利益的箴言，不是为了摆脱那严厉责备我们［在道德上的］微不足道［Unwürdigkeit/unworthinness］的令人战栗的敬重，还会出于别的什么原因吗？[22]如果人们留心不仅优秀学者和辩士，还有商人和妇女等各色人等参加的社交聚会中的交谈，那么就会注意到，除了讲故事和戏谑之外，还有一种消遣，也就是辩难；因为故事如果应当新颖有趣，不久就会讲完，而戏谑却容易乏味。但是，在一切辩难之中，最能引起那些原本对一切论辩很快感到无聊的人参与，并且使这个聚会活泼起来的，无过于关于这个或那个行为的德性价值的辩难，某个人的品格也就会由此澄淘出来。当事关澄清一个所说及的善良的或恶劣的行为的道德含义时，原本对理论问题中一切微妙和冥思苦索觉得枯燥和伤神的人，立刻就参与进来，并且以远过于人们在任何其他思辨客体上面所期待于他们的程度，如此精确，如此冥思苦索，如此精细地考虑一切可能减低这个行为意图纯粹性从而减低德行程度的东西，或者甚至只是可能使它们令人生疑的东西。人们常常能够看到对他人做判断的人本身的品格在这类判断中闪现出来。他们中的一些人，尤其当他们在对已故者行使他们的法官职务时，特别倾向于为传说中的这种或那种行为的善辩护，以反驳行为不端的伤人异议，终而为这个人的全部德性价值辩护，以反驳虚伪和阴险恶毒的指责，与此相反，另外一些人更倾向于寻思指控和非难，以攻击这种价值。然而人们不能总是以为后者有要论证一切人类榜样那里完全没有德行的意图，从而使德行成为一个空名，其实这常常只是在依照不容情的法则规定真正德性含义时的善意的严格；在于这个法则而不是与榜样相比较时，道德事务中的自负大为降低，谦卑不但得以教授，而且也为每个人在其深刻的自我反省中感受到。尽管如此，我们经常在那些为所与榜样的意图纯粹性辩护的人那里看到，凡在他们推测有端品行的地方，他们就颇想拭去哪怕最微小的污点，他们的动机在于，以此避免在一切的榜样真实性都受到怀疑，一切人类德性的纯粹性都为人否定之后，德行最终被人完全当作一个单纯的幻想，于是一切向着德行的努力都鄙视为矫揉造作和虚假自负。㉓

正如康德"深刻的自我反省"深刻地指出的，无论是为道德行为的道德动机做辩护的人，还是"指控和非难"道德行为其实并非出于道德动机的人,最终还是以道德法则为根据——甚至不以道德榜样为根据("而不是与榜样相比较",因为榜样不一定就是法则的忠实表象)——作出正面的、反面的伦理判断。这样,根据康德,我们甚至可以同情后现代主义"消费理论"对道德行为的交互主体("坐[车]和拉[车]双方")的道德动机的虚无主义伦理判断,"其实这常常只是在依照不容情的法则规定真正德性含义时的善意的严格"——这反而证明了即便后现代理论理性的"消费理论",也仍然要承认"作为动力的道德法则本身"[24]的客观实在性,以及每一个人都承认道德法则的主观观念性的"理性的事实"(康德)——尽管后现代主义的"消费理论""原本对理论问题中一切微妙和冥思苦索觉得枯燥和伤神",而没有能够像康德那样给出道德动力与道德动机的"理性的情感"的先验条件。在崇高的道德法则面前,凡夫俗子的自惭形秽、自愧不如永远都无法被消弭,无论后现代主义者如何失望于人们内在的、主观的行为动机的道德虚伪性。这是因为,一旦意识到道德法则,一旦道德法则的榜样被树立在我们面前,被纯粹实践理性激发出的道德良知、道德情感(因而显得"感性始终高于理性")的人都将再也"无法忍受自己在自己的眼里不配生活下去……在我们自己的眼中显得[在道德上]是毫无配当、堕落邪恶之人"㉕；因为，"一种必定使人在他自己的眼中变得可鄙的无耻行径"㉖，必定会使自己成为蔑视的对象。㉗反之，"如果他因此就要把义务的法则视为纯然想象出来的、无效的、无约束力的，并且决心无所畏惧地逾越它们，则他就［同样］会在他自己的眼中一钱不值"㉘，因为他的自由意志本身在逾越道德法则的同时，就已经在主观观念中承认了道德法则的客观实在性。

哪怕从来没有过从这样纯粹的来源中产生的行动，但在这里所说的完全不是这件或那件事是否发生，而是理性单独地、独立于所有现象，而要求什么应当发生，因而，迄今为止世界上也许还没有过先例的那些行动，把一切建立在经验之上的人甚至怀疑其可行性，但却正是由理性锲而不舍地要求的，比如说，尽管可能直到现在还没有过一个真诚的朋友，但每一个人还是有可能不折不扣地要求在友谊中要有纯粹的真诚，因为这一义务，作为一般的义务，先行于任何经验，而存在于一个通过先天根据来规定意志的理性的理念中。㉙

这样,"一旦自由确实奠立[了道德法则]之后,当人们深感恐惧的莫过于在内心的自我反省中发现自己在自己眼中是可鄙而无耻的时候,那么此时每一种德性善良的意向都能够嫁接到这种自由上去"[30]。退一步说,即便是在道德上的虚伪消费,也终有一天能够"习惯成自然"地把我们的合于法则的道德表演表演成出于法则的道德实践,至少我们不能否认其必然可能性。

七

现在,让我们再一次回想我们的欧洲之行。吕微的做法当然可能是单纯地出于朋友之间的世间性情感,在单纯世间性友情的有限性范围内,其行为动机不能说是不道德的,但也只能说是相对的善的道德性,因为只要是世间性的善,就有可能同时也负载了世间性的恶——吕微在遮挡了对严平来说的恶的光线的同时,也就同时遮蔽了对邻人来说的善(美)的光景——以此,世间性的善并不一定总能够被普遍化为超越性、无限性的绝对的善。但湘萍的做法却并非仅仅是施于熟人(亲人、朋友)之间的友情、亲情,同时也是施于陌生人(外国人、邻人)之间的兼爱、博爱,尽管看起来仍然是世间性的善。但我们却可以设想,湘萍之合于法则的行为结果乃是出于法则的行为动机的纯粹实践理性的自由意志形式能力的客观必然性先验动力,以及道德情感形式能力的主观必然性先验动机的"实践的爱"。尽管这种"实践的爱"不可能是出自世间性存在者的情感,而只可能是源自超越性存在者的"理性的情感",因而也只是被理性命令才可能的情感。[31]当然,这也还只是理论认识上的可能,还不是理论认识到的现实;因为,正如我在上文中已多次引用康德所指出的,在无情、冷酷的理论理性面前,任何道德行为的道德动机都没有先验的根据。

但这也就是后现代主义"消费理论"的错误,后现代主义者理论地、经验地把道德情感归结为每一个人感性形式的道德同情心,而不是归结为人的理性判断力——例如,"'人是平等的'……平等观念的由来,不是理性的,是情感的"(梁实秋)——于是,一旦后现代主义者认为,同情心在每一个人那里,并非人人生而具有的禀赋,这就认定了,在道德判断中,一旦同情心的"感性始终高于理性",那么道德情感就必然是偶然的,进而可能是虚饰的。与后现代主义者不同,康德并不把道德情感建立在人的感性形式的基础上,尽管感性形式是道德情感的先验条件;而是把道德情感建立在纯粹理性形式的先验前提下,即道德情感起源于纯粹理性的道德法则。因为有了康德，我们今天才不是把道德行为的道德动机，仅仅归结为个别人的善良意志及其道德情感的天生禀赋的主观或然性（上帝拣选的恩典），而其他人却因此就据有了禀赋匮乏的借口，而推脱掉应该承担的道德理性的义务与道德情感的责任。反过来说，也正由于康德把道德情感建立在每一个人的纯粹实践理性对道德法则的意识这一"理性事实"的基础上，我们每一个人才必然可能自我激发出道德情感；尽管只有道德情感的感性形式才是每一个人天生禀赋的主观间客观必然性（上帝普遍的恩典）。进而必然可能给出出于法则而不是仅仅合于法则的道德行为，承担并且践行"理性的情感"的"实践的爱"。但是，即便如后现代主义者所言，只有个别善良人的善良意志、道德情感才可能是与生俱来的，因而能够践行道德法则而给每一个人树立起道德榜样；现在，理论理性既然不能证明道德行为的道德动机的必然现实性，又如何能够证伪道德行为的道德动机的必然可能性？[32]尽管善良人也不是神，即便善良人在道德上的先知、先觉，同样要无限地趋近于上帝的神性，因而是我们每一个人的纯粹理性和道德情感在其此在的一生中唯一有权利也有能力应该去做且只要愿意就一定能够去做的事情。

这就是说，即便抛开道德判断的理论理性误用，用康德"表演理论"在理论上为社交行为做道德正当性的普遍性辩护是一回事，在实践（道德交往）中使用我们每一个人的实践理性个人化地同情人与人之间的礼貌修养又是一回事。就像列维纳斯说的，每一个活着的人的生动的"脸"都直接与道德法则相关：或者你面对的是一个好人的脸，他直接以道德榜样的方式将法则昭示给我们；或者你面对的是一个坏人的脸，他同样直接地但以反道德实例的方式命令我们无论如何不要像他那样，而是要敬重、遵循法则。面对湘萍温和、善良、真诚的目光，我无法相信他的善举、善行不是出于善心；否则我如何还能相信每一个人包括我们自己也都能够行出出于法则的道德行为的主观必然性？更何况当他再次主动地存问陌生人的时候，已经完全不是在替我道歉、解释和圆场。湘萍用他的榜样已经将一条法则树立在我面前，让我知道道德法则是能够被遵循并现实地实现的。

　　我把你看作你不是一种认识，而是一种信仰，也就是说，我不可能在看透你（实际上我根本不可能看透你）之后才把你看作你，而是我一开始就相信你是你，我相信你绝对优先于我，我相信你是绝对的、真正的你……我在具体的你中看到了上帝，因为是在具体的东西之中而且一切具体的东西都被上帝超越。③

"不要论断人……"(《新约·马太福音》),而我是这样地相信(甚至可以说是"信仰")你,我因此也已经彻底地排除了所有理论地认识你的行为(当然还是被经验所表象的现象,但已经是道德"法象"㉞)性质的任何可能性,因为理论不是"用来判断行为"㉟——正如我们可以把所有向我们昭示了道德法则的每一个人都视为上帝差遣来帮助(有时以强制命令的形式规劝)我们的使者,就像我们把自己心爱的孩子视为上帝送给我们只是为了让我们能够领悟人生真谛的最珍贵的礼物——于是,走在上帝光照的永恒之路上,你才必然可能而且已经现实地矫正了我们;否则,仅仅依凭你个人的天赋,而不是同时也凭借我们每一个人与生俱来的纯粹理性意志形式和道德情感形式的先验能力,我们就永远也无法企及你在我们眼前点亮的纯良境界了。

2016年2月28日-3月2日

2019年7月26日

注释：

① ［德］康德著，韩水法译：《实践理性批判》，商务印书馆1999年版第90页。

② 同上书，第83页。

③ "在我家葡萄园的附近有一株梨树，树上结的果实，形色香味并不可人。我们这一批年轻坏蛋习惯在街上游戏，直至深夜。一次深夜，我们把树上的果子都摇下来，带着走了。我们带走了大批赃物，不是为了大嚼，而是拿去喂猪。虽则我们也尝了几口，但我们所以如此做，是因为这勾当是不许可的。"（见［古罗马］奥古斯丁著，周士良译：《忏悔录》，商务印书馆1963年版第30页。）

④ "兄弟七人，融第六，幼有自然之性。年四岁时，每与诸兄共食梨，融辄引小者。大人问其故，答曰：'我小儿，法当取小者。'由是宗族奇之。"［见（宋）范晔撰，（唐）李贤等注：《后汉书》（第8册），中华书局1965年版第2261页。］又有："融四岁，与兄食梨，辄引小者。人问其故？答曰：'小儿，法当取小者。'"（见余嘉锡撰：《世说新语笺疏》，中华书局1983年版第56页。）

⑤ "因为他只是替你道歉、解释和圆场，而并没有'先天

地'作出某种行为,而且所有单纯的礼貌和修养之举,是否都符合你的结论?正如康德说'己所不欲、勿施于人'并不一定符合法则一样。"——户晓辉批注。"人们不要认为,'己所不欲,勿施于人'这种老生常谈在此可以用作准绳或原则。因为这句话只是从上述那个原则中推导出来的,尽管有各种限制;它绝不可能是普遍法则,因为它既不包含对自己的有无的根据,也不包含对他人的爱的义务之根据(因为有不少人会乐于同意,别人不应对他行善,只要他可以免除对别人表示善行),最后,也不包含相互之间应尽的义务之根据;因为罪犯会从这一根据出发对要惩罚他的法官提出争辩,等等。"(见[德]康德著,杨云飞译:《道德形而上学奠基》,人民出版社2013年版第65页注释①。)"己所不欲勿施于人",是否符合道德法则?或者本身就是道德法则?"这个自由法则用耶稣的劝令式话说,就是'你要别人怎样对你,你就要怎样待人',而用孔子的禁令式话说,就是'己所不欲勿施于人'。也就是说,耶稣的这个劝令与孔子的这个禁令实际上表达的都是一条自由法则,也就是爱的法则。这意味着,不管孔子的禁令还是耶稣的劝令在根本上都是要求'爱人如爱己'。"(见黄裕生:《摆渡在有—无之间的哲学——第一哲学问题研究》,清华大学出版社2019年版第74页。)

⑥［德］康德著，李秋零译：《康德著作全集（第6卷）：纯然理性界限内的宗教　道德形而上学》，中国人民大学出版社2007年版第485页。

⑦［德］康德著，邓晓芒译：《实用人类学》，上海世纪出版集团2005年版第33-34页。

⑧邓晓芒：《论康德哲学对儒家伦理的救赎》，《探索与争鸣》2018年第2期；亦刊于《社会科学文摘》2018年第4期。

⑨［德］康德著，杨云飞译：《道德形而上学奠基》，人民出版社2013年版第31-32页。

⑩"在这里我们有了第一个，也许唯一的情形，在这种情形下，我们能够从概念出发先天地规定认识（这里便是纯粹实践理性的认识）与快乐或不快的关系。"（见［德］康德著，韩水法译：《实践理性批判》，商务印书馆1999年版第79页。）"我们必须先天地指明……"（同上书，第78页）"……是能够被先天地认识的。"（同上书，第79页）"从而也就是一种并无经验渊源而被先天地认识的肯定情感的根据。"（同上书，第80页）"这种情感是我们完全先天地认识的唯一情感，而其必然性我们也能够洞见到。"（同上书，第80页）"……是能够先天地洞见到的。"（同上书，第81页）"……能够先天地洞察。"（同上

书，第85页）"对法则的敬重就是一种可以先天地认识的肯定情感。"（同上书，第85页）"我们所能先天地洞察到的的确只限于：在每一个有限的理性存在者那里，这样一种情感是与道德法则的表象不可分割地联结在一起的。"（同上书，第86-87页）

⑪"人格性的禀赋是一种易于接受对道德法则的敬重、把道德法则当做任意〔的自由意志〕的充分的动机的素质。这种易于接受对我们心中的道德法则的纯然敬重的素质，也就是道德情感。……只不过，不能把道德法则的理念，连同与它不可分割的敬重，确切地称做一个人格性的禀赋，它就是人格性本身（完全在理知的意义上看，它就是人性的理念）。但是，我们把这种敬重作为动机纳入自己的准则，其主观根据显得就是人格性（'以自身就是实践的、即无条件地立法的理性为根据'）的一种附加物，因而理应被称做一种为了人格性的禀赋。"〔见［德］康德著，李秋零译：《康德著作全集（第6卷）：纯然理性界限内的宗教　道德形而上学》，中国人民大学出版社2007年版第26-27页。〕

⑫［美］理查德·鲍曼著，杨利慧、安德明译：《作为表演的口头艺术》，广西师范大学出版社2008年版。

⑬"被消费的身体"，见岳永逸：《都市中国的乡土声音——民俗、曲艺与心性》，中国人民大学出版社2015年版第98-99页。

⑭ "学者的责任,学术研究的责任,就是要在理性思考而不是情感信念的基础上说出让人'颓唐'、让人丧气、让人不舒服的事实来,这是学术的责任伦理所在……任何时候都不能以情感信念的真诚为由而'绑架'理性……让渡自己的(理性)学术立场。"(见刘倩:《诚与真:田野情感和学术伦理》,《民族文学研究》2019年第1期,第51页、第54页。)但这里要注意区分:学术责任只是一种职业伦理,而非普遍的道德。(见本书《做一个能够承担的文学所人》对"学术荣誉"的讨论。)其次还要注意区分:以认识为目的的理论理性的"唯一的真"和以信仰为目的的实践理性的"体验的真";"唯一意义上的'真'与体认意义上的'真'"。(见周伟驰:《彼此内外——宗教哲学的新齐物论》,宗教文化出版社2008年版第20页。)

⑮ "近年来新诗中产出了一个'人力车夫派'。这一派是专门为人力车夫抱不平,以为神圣的人力车夫被经济制度压迫过甚,同时又以为劳动是神圣的,觉得人力车夫值得赞美。其实人力车夫凭他的血汗赚钱糊口,也可以算得是诚实的生活,既没有什么可怜恤的,更没有什么可赞美的。但悲天怜人的浪漫主义者觉得人力车夫的生活可怜可敬可歌可泣,于是写起诗来张口人力车夫,闭口人力车夫。普遍的同情心由人力车夫复推施及于农

夫，石匠，打铁的，抬轿的，以至于依门卖笑的妓娼。浪漫主义者对于妓娼往往表示无限的同情，以为她们'同是天涯沦落人'，以为她们职业虽是卑下，心地却仍光明。近年小说中常有把妓娼理想化的。普遍的同情心并不因此而止，由社会而推及于全世界，于是有所谓'弱小民族的文学''被损害民族的文学''非战文学'，应运而来。……吾人试细按普遍的同情，其起源固由于'自爱''自怜'之扩大，但其根本思想乃是建筑于一个极端的假设，这个假设就是'人是平等的'。平等观念的由来，不是理性的，是情感的。重情感的浪漫主义者，因情感的驱使，乃不能不流为人道主义者。吾人反对人道主义的惟一理由，即是因为人道主义不是经过理性的选择。同情是重要的，但普遍的同情是要不得的。平等的观念，在事实上是不可能的，在理论上也是不应该的。"（见梁实秋：《现代中国文学之浪漫的趋势》，《晨报副镌》1926年3月25-31日；亦收入梁实秋：《浪漫的与古典的》，新月书店1927年版；亦收入黎照编：《鲁迅梁实秋论战实录》，华龄出版社1997年版。）"浪漫的即是没有纪律的。"（《鲁迅梁实秋论战实录》第24页）"何以浪漫主义者要这样的尊重儿童？因为儿童生活是不受理性的约束，可以任情纵情，自由活动。在浪漫主义者看来，'天才'与儿童是可以相提并论的。浪漫的天才即是儿童的天真烂漫，同为不负责任的自然发生。……浪漫主义者最怕听的就是'义务'二字。"（《鲁迅梁实秋论战实录》第25页）"浪漫主义者所需要的文学是'从心所欲'而'逾矩'的文学，这种文学是不负责任的。"（《鲁迅梁实秋论战实录》第26页）

⑯〔德〕康德著，韩水法译：《实践理性批判》，商务印书馆1999年版第84页。

⑰同上书，第168页。

⑱同上书，第95页。

⑲"还有一个错误，因为它同任何一个人的感情都相抵触，所以是常被驳斥的；席勒在一篇箴言诗里就曾加以讥刺。这就是那迂腐的规定，硬说一个行为，如果真要是善的，值得称颂的，那么这行为就仅仅只能是由于尊重已认识到的准则和义务概念，只能按照理性在抽象中意识到的规范来完成，而不是由于志趣，不是由于对别人怀有好意，不是由于好心肠的关怀，同情或一时的情绪高昂来完成的……"（见〔德〕叔本华著，石冲白译：《作为意志和表象的世界》，商务印书馆1982年版第715页。）"一个行为，除非是单纯地当作一种义务，为了义务的缘故，不是感觉喜欢它而去做的，便没有真正的道德价值；并

且,如果一个人,他心中没有同情心,对别人的痛苦漠不关心,在气质上对人冷漠无情,尽管如此,只要他完全处于可怜的义务感而施惠于人,只有这种性格才开始具有价值。这一断言,它是违反真实的道德情操的;这种把无爱尊为至上,它恰恰是和基督教的道德教义相反,后者把爱置于万事之首……这种愚蠢的道德迂拙之论,席勒曾用适切的两首讽刺短诗加以讥讽,诗的题目是《良心的顾忌》与《决定》。"(见［德］叔本华著,任立、孟庆时译:《伦理学的两个基本问题》,商务印书馆1996年版第155—156页。)《良心的顾虑》:"我愿为朋友效劳,可惜我凭爱好而为之,因此我经常感到懊恼,因为我并非有德者。"《决断》:"现在没有别的办法。你得试着轻视它们,然后嫌恶地去做义务命你去做的事情。"(转引自李明辉:《康德的"道德情感"理论与席勒对康德伦理学的批判》,《揭谛》第7期,2004年7月。)"康德宣称如果同情的感情并没有直接地服务于理性的目的,那么它就应该被摈弃,哪怕一个友人正在我们眼前经受痛苦。"(见［美］迈克尔著,胡靖译:《同情的启蒙——18世纪与当代的正义和道德情感》,译林出版社2016年版第135页。)

⑳ ［德］康德著,韩水法译:《实践理性批判》,商务印书馆1999年版第88页。"行为全部道德价值的本质性东西取决于

如下一点：道德法则直接地决定意志。倘若意志决定虽然也合乎道德法则而发生，但……意志决定不是为了法则发生的，于是行为虽然包含合法性，但不包含道德性。"（同上书，第77页）"如果行为不仅应当实现法则的条文，而且还应当实现法则的精神，那么行为的客观决定根据必须始终同时是行为唯一主观充分的决定根据。"（同上书，第78页）"对于每一种不是为了法则却合乎法则的行为，人们能够说：它只依照条文，而非依照精神（意向）在道德上是善的。"（同上书，第78页注释①）"只有当这个准则依赖于人们对于遵守法则的单纯关切时，它才在道德上是真的。"（同上书，第86页）"在理性的判断之中，道德法则首先客观地和直接地决定意志……合乎职责而发生的行为的意识，与出于职责，亦即出于对法则的敬重而发生的行为的意识之间的区别，就依赖于此；即使单单禀好才是意志的决定根据，前者（合法性）也是可能，但后者（道德性），即道德价值却必须仅仅安置在如下的情形里面：行为出于职责，亦即单纯为了法则的缘故才发生。"（同上书，第85页、第88页）"道德法则……对于每一个理性存在者的意志则是一条职责法则，一条道德强制性的法则，一条通过对法则的敬重以及出于对这的敬畏而决定有限的理性存在者的行为的法则。其他的主观原则不应当被看作动力；因为否则行为虽然能够一如法则所规定它的那样发生，但是，因为它尽管是合乎职责的，却不是出于职责的，所以趋于行为的意向就是不道德的，而这种意向正是这个立法中的关键所在。"（同上书，第89页）"把我们意志的决定根据，虽然合乎法则，仍然置于别处，而不是置于法则本身和对这个法则的敬重之中。唯有职责和本分是我们必须赋予我们与道德法则的关系的名称。"（同上书，第89页）

㉑ "当康德把自由意志看作是纯粹理性本身，从而历史性地突破了对理性的理解时，他所说的'理性'在实质上已是情感化的理性，而不再是传统哲学里的'理智'，也即仅具有权衡与演算功能的理性。这也许恰恰向我们表明，在本原上，情理本是一体的，我们的本原'心灵'本是一整体的心灵。情感与理性的截然二分，乃是心灵破碎的结果。"（见黄裕生：《一种"情感伦理学"是否可能？——论马克斯·舍勒的"情感伦理学"》，《云南大学学报》（社会科学版）2015年第十四卷第五期。）

㉒ ［德］康德著，韩水法译：《实践理性批判》，商务印书馆1999年版第84页。

㉓ 同上书，第167–168页。

㉔ "纯粹实践理性的动力"，同上书，第77页。

㉕ 同上书，第96页、第166页。

㉖ ［德］康德著，李秋零译：《康德著作全集（第6卷）：纯然理性界限内的宗教　道德形而上学》，中国人民大学出版社2007年版第439页。

㉗ 同上书，第429页。"是道德蔑视的一个对象……使自己在别人眼里成为蔑视的对象，但由于后者，他使自己更为严重地在他自己的眼里成了蔑视的对象，并且伤害了其人格中的人性的尊严。"（同上书，第438页）

㉘ ［德］康德著，李秋零译：收入《康德著作全集（第5卷）：实践理性批判　判断力批判》，中国人民大学出版社2007年版第471页。

㉙ ［德］康德著，杨云飞译：《道德形而上学奠基》，人民出版社2013年版第33-34页。

㉚ ［德］康德著，韩水法译：《实践理性批判》，商务印书馆1999年版第176页。

㉛ 康德多次提及"实践的爱"。（见［德］康德著，韩水法译：《实践理性批判》，商务印书馆1999年版第90页。）或"实践性的爱"，（见［德］康德著，杨云飞译：《道德形而上学奠基》，人民出版社2013年版第21页。）即一种看起来自

相矛盾的被命令（应该）的情感（愿意）。康德的意思是，从理论理性的经验角度看，情感（愿意）完全无须命令（应该）；但是从实践理性的先验角度看，被命令（应该）的情感（愿意），却合情合理。"没有一个人能够仅仅因命令而去爱某人。……一个关于人们应当乐意做某事的命令，是自相矛盾的，盖缘如果我们自己已经知道有责任去做什么事了，如果我们此外还意识到乐意去做此事，那么这样的命令就是毫无必要的。"（见［德］康德著，韩水法译：《实践理性批判》，商务印书馆1999年版第90页。）"行为应当所由从出的意向是不能由命令灌注进去的，否则这里对活动的鞭策当下就是在手头的和外在的。"（同上书，第160页）"一种颁行的信仰乃是无稽之谈……认定这种可能性完全无需命令。"（同上书，第157页）"这种信仰不是颁行的，而是既有益于道德的（颁行的）意图而又与理性的理论需求一致的我们判断的自愿决定。"（同上书，第159页）"承认一般幸福的可能性完全无需命令。"（同上书，第158页）"自己的幸福是理性的尘世存在物的主观的终极目的……由于自己的依赖于感性对象的本性，每一个理性的尘世存在物都具有这种主观的终极目的，关于这种目的，说人们应该具有它，是愚蠢的。"（见［德］康德著，李秋零编译：《纯然理性界限内的宗教》,收入《康德论上帝与宗教》,中国人民大学出版社2004年版第293页。)"因为爱作为一种爱好是无法被命令的,但是出于义务本身的善行,即使根本没有任何爱好驱使我们去实行之,甚至还被自然的、难以克服的反感所抵制,却是实践性的而非病理学的爱,它在于意志,而不在于情感偏好;在于行动的原则,而不在于温柔的同情心;但惟独这种实践性的爱能被命令。"(见[德]康德著,杨云飞译:《道德形而上学奠基》,人民出版社2013年版第21页。)在《实践理性批判》"纯粹实践理性的动力"一章中,康德花费了大量篇幅讨论这种在实践上(而不是在理论上)"应该的愿意"或"被命令的情感",康德指出,"这种(道德名义之下的)情感仅仅是由理性导致的……人们能够以什么名称比较恰当地授予这个特殊的情感,而它是不能够与任何本能情感相比较的?它是这样一种独特的情感,它看来只听命于理性,并且只听命于纯粹实践理性。"(见[德]康德著,韩水法译:《实践理性批判》,商务印书馆1999年版第82—83页。)"这样一种情感是与道德法则的表象不可分割地联结在一起的……这个自这种强制性的意识发源的情感并不像由感觉对象所产生的情感那样是本能的,而仅仅是实践的,亦即是通过一个先行的(客观的)意志决定和理性的因果性而可能的。"（同上书，第87页）"理性通过实践法则所绝对地命令的和实际地产生的……敬重［情感］。"（同上书，第88页）"因为这个'应当'真正说来是一种［神圣意志的］意愿，这意愿对每一个理性存在者都会有效，其条件是只要理性在它那里没有阻碍地是实践的。"（见［德］康德著，杨云飞译：《道德形而上学奠基》，人民出版社2013年版第93页。）"道德情感……必须被视为施加于意志的主观效果，只有理性才提供了它的客观根据。为了使理性独自对受感性刺激的理性存在者的'应当'加以规范的东西成为所愿意的，无疑还需要理性的一种引起对履行义务的愉快感或愉悦情感的能力，因而需要理性的一种原因性，来按照理性的原则规定感性。"（同上书，第110页）

㉜ "一种单纯理智的理念对于情感的这种影响是无法为思辨理性所解释的。"（见［德］康德著，韩水法译：《实践理性批判》，商务印书馆1999年版第86页。）

㉝ 户晓辉：《民间文学的自由叙事》，社会科学文献出版社2014年版第169页。"作为实践主体的我把他看成你，并不是要认识你、看透你——何况我也根本看不透、猜不明你——也不是要分析你、剖析你，而是把当作完整的人格，保持我与你的关系不由此构成共同的一个'我们'。"（同上书，第164-

165页)"尽管他、她对我是不透明的,甚至我自己对我自己也看不透、猜不明,但是,作为实践主体的我仍然把他、她看作你。"(同上书,第165页)"我把你看作你不是一种认识,而是一种信仰,也就是说,我不可能在看透你(实际上我根本不可能看透你)之后才把你看作你,而是我一开始就相信你是你,我相信你绝对优先于我,我相信你是绝对的、真正的你,用基督教的话来说就是:我在具体的你中看到了上帝,因为是在具体的东西之中而且一切具体的东西都被上帝超越。"(同上书,第169页)"因此,如果从认识的角度看,我不仅看不透他人,也猜不透语言。对我而言,他人和语言系统在认识层面都是不同于我的他者,我无法把他们而且归化或者同化为我,他人和民间文学的体裁叙事行为传统对我都是谜。至少他们有一部分对我是谜,而且当我猜不透、猜不明时,还存在着从复数意义上的他人向绝对他者的转变问题,即不能认识的他人转变为超越认识而且需要信仰的绝对他者。"(同上书,第171页)"尽管我看不透你,但作为实践主体的我本来也没想把你看透、猜明,我只是把你当作你,当作一个与我一样能说能听的完整人格,当作一个绝对的你,我相信你是与我一样拥有说和听权利的人格,这是一种实践的信仰的情感,也是一种包含着信仰情感的实践。"(同上书,第171页）"作为实践主体的我不仅不是在认识或者看透你之后才把你当作你,而是在根本无须看透你,根本不想看透你的情况下就直接把你看作你,直接相信你就是你。"（同上书,第173页）"我相信你是你,我相信你是我的你,对我而言你就是你,你就是我的你。我从信仰情感上相信你是你,我在信仰情感上固执己见。"（同上书,第174页）

㉞ "有鉴于对于感官生命的此在的理智意识（自由意识）,感官生命具有绝对的法象统一性,而法象,在它包含关涉道德法则的意向的种种单纯现象（品格的现象）时,是不应当依照那属于作为现象的它的自然必然性来判断的,而是应当依照自由的绝对自发性来判断的。"（见［德］康德著,韩水法译:《实践理性批判》,商务印书馆1999年版第108页。）

㉟ ［德］康德著,韩水法译:《实践理性批判》,商务印书馆1999年版第82页。"单纯从信仰本身而言,人类学的基本出发点是相信民间信众精神需求与布道的真诚。"（见庄孔韶:《序二　济度宗教的过化现象与类家族主义形态》,收入陈进国:《救劫:当代济度直角的田野研究》,社会科学文献出版社2017年版第1页。）

毛星,请记住我们!

——纪念毛星一百周年诞辰①

小的时候,我看《冰山上的来客》,有句话一直不懂。中尉把古兰丹姆救出来,自己中了黑枪,临死前,古兰丹姆对死者说:"记住我,我叫古兰丹姆。"活着的人竟然恳求死者记住她,难道不是很荒唐的要求吗?现在我懂了。让活着的人记住死者,对活着的人来说,仍是一种奢侈。面对无辜的死者,活着的人对生命总是亏欠的。我只要恳请无辜的死者记住我,因为,他们活着,永远活着,而我是将死的。我属于他们,所以恳请他们记住我。

——刘小枫:《苦难记忆》②

毛星,男,汉族。中国当代文艺理论家、文学评论家、古典文学家,民间文学研究卓越的思想家、理论家和实践家。原名舒增才,曾用笔名孙玄、郑洪、赵天、周宇、陈莱等。1919年11月13日出生于四川省德阳县。1937年10月以后先后在陕北公学、中共中央党校学习。1938年10月加入中国共产党。1938年冬到延安鲁迅艺术学院文学系学习，后任文学系指导员。1939年秋到院政治处、总支委做党的工作。1941年到院文艺理论研究室做研究工作。1944年到院文艺运动资料室编《文艺动态》。1946年5月到佳木斯《人民日报》（后改为《合江日报》）做编辑工作，先后任副总编、总编、副社长。1949年5月以后先后任哈尔滨《松江日报》总编、副社长、社长。1949年底任新华书店东北总分店总编。1951年2月任东北人民出版社社长兼总编。1952年10月以后先后任中共东北局宣传部理论教育处副处长、文艺处处长。1954年加入中国作家协会，当选为理事。1954年9月到北京大学文学研究所，任秘书主任、研究员。1956年任中国科学院文学研究所党的领导小组副组长、《文学研究》（后改为《文学评论》）副主编。先后参加古代文学组、现代文学组、民间文学组的研究工作。[3]1956年被评为三级研究员。[4]1978年以后先后任第五、第六届全国政协委员。1979年后当选为第三届、第四届中国民间文艺研究会、中国民间文艺家协会副主席。1986年离休。2001年12月5日逝世于北京，享年八十二岁。[5]

毛星最早接触民间文学是1944年在延安鲁迅艺术学院文艺运动资料室编《文艺动态》期间。在何其芳领导下，毛星参与选编延安各文艺单位工作人员在陕甘宁边区采集的民歌素材,这些素材由何其芳主编并最终编订为《陕北民歌选》。⑥

1956年8月下旬至11月下旬,受何其芳指派,毛星带领中国科学院文学研究所"云南民间文学调查组"赴滇西进行了近三个月的民间文学调查采录,成果包括李星华记录整理《白族民间故事传说集》,杨亮才、陶阳搜集整理《白族民歌集》,刘超整理《纳西族的歌》。⑦毛星结合传世文献材料与口传田野材料为《白族民间故事传说集》撰写了序言《关于白族的几点情况》。⑧

在中国文学史研究方面,毛星认为:"我国过去、现在编写的许多中国文学史,无一例外,实际上都只是中国汉族文学史……这样的文学史冠以'中国'二字,名与实实在太不相称。"⑨因此,撰写一部包括少数民族文学在内的多民族中国文学史,既是现代中国一代学者的学术理想,也是文学研究所从20世纪50年代开始就承担(中共中央宣传部领导)的"中国少数民族文学简史和概况"的国家学术项目。⑩何其芳(1977年)逝世后,毛星负责组织编写了大型集体著作《中国少数民族文学》(三卷本,一百五十余万字),为撰写"包括各兄弟民族文学内容的中国文学史"做准备。毛星组成了以文学研究所"各民族民间文学研究室"的研究人员为骨干的《中国少数民族文学》编辑组,⑪同时广泛邀请一百多位各民族学者参与合作,⑫1982年完稿,1983年由湖南人民出版社出版。《中国少数民族文学》"实际上就是1958年规划中的中国少数民族文学概况,是中国第一部包括所有少数民族在内的文学简史和概况著作"。⑬该著作编写、出版之后,老舍、周扬、何其芳、贾芝、毛星等倡导的中国多民族文学史学科建设又迈出了重要一步,⑭为中国多民族文学史史学进一步奠定了尽管仍然初步但却坚实的观念和材料基础。⑮

在长期的学术领导和学术研究中,毛星不仅对中国民间文学学术事业作出了重要的组织工作贡献,也形成了自己独到的民间文学观和民间文学理论。《从调查研究说起》(1961年)⑯、《〈中国少数民族文学〉序》(1983年)⑰和《民间文学及其发展谫论》(1984年)⑱是毛星最重要的民间文学思想和理论论著。⑲在《从调查研究说起》一文中,毛星着重讨论了民间文学作品"原貌"的"忠实"记录和整理的"最为根本的原则"方法论问题,提出了"忠实性"方法论原则的"最高的或较高的标准"和"最低的或较低的标准"。毛星认为,为了忠实地记录和整理"这一个"民间故事的"原貌","不加入自己的任何'补充',也不随便删削讲述者所讲述的内容",这样记录"一个人某一次讲述"只达到了"忠实性""最起码的最基本要求";

"而有的人则不满足于这样的记录,不只记录一个人的讲述,还记下较多人所讲的,并且选择故事讲述者,创造讲故事的良好条件,使所能找到的最好的故事家兴高采烈地施展他的绝技,必要时还请他讲第二次,讲第三次……这样记录下来的故事,当然质量要高些,也就可能根据这样的记录整理出更忠实于民间的这一个故事的稿本"。

毛星所言"这一个故事",借用口头诗学或口头程式理论的话说,实然即现实地是"一首特定的歌"(the specific song)但也应然且可能是"一首一般的歌"(a generic song)。[20]这里所言"一般",不是对复数文本内容的抽象,而是指复数文本内容因多人、多次讲述而形成传统的文本间互文性集合关系,从而充分地呈现了民间文学表达的"完整形式""完满形式"或"完美形式"的"理想类型"。这样,在毛星看来,所谓记录方法的"忠实原则不仅是(理论上)忠实于原文,而且是(实践上)忠实于故事讲述者;所谓'我们要提倡后面这种做法',即'选择故事讲述者,创造讲述故事的良好条件,使所能找到的最好的故事家兴高采烈地施展他的绝技,必要时还请他讲第二次,讲第三次',实际上就是让讲述人发挥自己的主动性、主体性和创造性,让他们最大限度地使用自己的体裁叙事行为权利"[21]。这样,毛星提出的关于"这一个故事"的"忠实性"记录的方法论原则,就让我们对民间文学田野调查采录方法的理解,从技术角度的理论认识论(知识学),转变为权利立场的实践目的论(伦理学)。㉒

毛星根据自己在20世纪50年代的田野作业经验提出的民间文学田野调查、采录、整理的"忠实性"方法论原则,尽管有可能接受过当时苏联民间文学专家观点的影响,㉓但仍不失其理论和思想上的独创性、超前性和深刻性。即,毛星不仅仅是从认识论的方法论,更是站在尊重、维护民间文学演唱、讲述者和调查、记录、整理者双方各自的自由权利和审美能力甚至道德能力的实践论目的论立场上来考虑民间文学的道德论与权利论本质(这就超越了当时苏联民间文学专家和中国民间文学学者一般的认识论方法论立场㉔)。在《民间文学及其发展谫论》一文中,毛星再一次重申了他二十多年前就已经提出且始终坚持的立场和观点,但这一次,毛星把"尊重"民众自由权利、为民众道德能力"正名"的思想表达得更明确也更充分了。

> 我只是认为应该正名,是改编就是改编,是改写就是改写,是个人创作就是个人创作,不要[滥]用民歌、民间叙事诗、民间故事、民间传说等的名

义。对这些人［民间歌手、民间故事家的人格］，要抱着十分尊重的态度，努力设法激起他们讲或唱的昂奋情绪，还要请来当地较多的听众，使他们讲得眉飞色舞，唱得兴高采烈，而众多的听众则为这歌声、这故事所迷、所醉，以至结束后还不愿离开。这样的民歌、故事才是真正在民间广为流传、为广大人民群众喜爱的人民口头创作。我们要十分忠实，因而十分辛苦地搜集、整理这样的作品。我们的书刊发表的民间文学，应该是或主要应该是这样的作品。㉕

在《〈中国少数民族文学〉序》中，毛星写道：

我们想使读这部书的读者，能更多地更具体地接触、感受、了解各族光华四溢的文学创作成就，因而我们定下了一条方针：突出作品。办法是：最精彩的短小的作品，例举全文；一般则介绍梗概，例举精彩片段。我们设想，就像为五十多个兄弟民族各开一个文学创作展览馆，珍宝摆在里面，请参观者自己观览、鉴赏。㉖

毛星是20世纪90年代以后中国民间文学—民俗学研究范式转换的思想与实践先驱。毛星从事民间文学研究近半个世纪，"他功底深厚扎实，治学非常严谨，一丝不苟，但却始终不招研究生，'我自己还没有学好怎么带学生，不能误人子弟'。他总是这样说。"[27]

2018年11月6日

注释：

① 本文原是笔者为《中国大百科全书·民间文学卷》撰写的词条，收入本书时未改词条格式，仅重拟了篇名。

② 刘小枫：《苦难记忆——为奥斯维辛集中营解放四十五周年而作》，收入刘小枫：《这一代人的怕和爱》，三联书店1996年版第41页。

③ "上个世纪70年代末，毛星同志辞掉一切领导职务，到民间文学室搞民间文学研究。"（见祁连休：《点点滴滴忆毛星》，收入王平凡、白鸿编：《毛星纪念文集》，学苑出版社2004年版第163页。下文凡引《毛星纪念文集》一书中的内容，只注书名和页码）"集中调来三位领导干部，应当说，文学所

的所级领导力量够强了。对毛星同志来说，领导交给他的任务已经最后完成。这时候，他既不贪功，也不恋位，坦然地退到民间文学研究室专事研究。"（简平：《回忆毛星二三事》，收入《毛星纪念文集》，第73页。）

④ "1954年调毛星担任《文学研究》副主编(主编由何其芳兼任)，兼任所的党政日常工作。"［见王平凡口述、王素蓉整理：《中国科学院文学研究所大事记（上）——郑振铎、何其芳领导时期的文学所》，《当代文学研究资料与信息》2010年第6期；亦见王平凡口述、王素蓉整理：《文学所往事》，金城出版社2013年版第272页。］"毛星被评为二级研究员，他坚决要求降为三级研究员。"［见王平凡口述、王素蓉整理：《中国科学院文学研究所大事记（中）——郑振铎、何其芳领导时期的文学所》，《当代文学研究资料与信息》2011年第1期。］"毛星（原定为二级研究员，他坚持改为三级）。"（见《文学所往事》，第283页。）"何其芳曾对我说，研究所成立领导小组，组长由他担任，毛星担任副组长，当时，领导已决定毛星担任副所长，但被毛星坚决推辞了。""他是积极筹建中国少数民族文学研究所主要领导人之一，周扬让他担任少数民族文学研究所所长，他又一次坚决拒绝了，并开玩笑地说，叫我当所长我就

回四川老家。"（见王素蓉：《毛星："仰不愧于天，俯不怍于人"》，收入《文学所往事》，第10–11页；亦见王素蓉：《毛伯伯，一路走好！》，收入《毛星纪念文集》，第218–219页。）"毛星对自己要求极为严格，当年他来文学所前是东北局宣传部文艺处处长，级别为行政十级，到文学所后毛星感到他的级别比延安'鲁艺'同学的级别都高，甚至比'鲁艺'的老师现任所领导的何其芳也要高，这样不太合理。于是向当时所属北大的党委书记史梦兰提出，要将自己的职务级别降下来。1956年评定职称，毛星被评为二级研究员，他坚决不同意，认为自己不够格，学术委员会和所领导接受他的请求，改为三级研究员。"（见王素蓉：《毛星："仰不愧于天，俯不怍于人"》，收入《文学所往事》，第11页；亦见王素蓉：《毛伯伯，一路走好！》，收入《毛星纪念文集》，第219页。）"毛星是何其芳在延安鲁艺的学生……1954年由中宣部调他到文学研究所任副所长。但他坚决不当副所长，甘愿作何其芳的助手，他以党的领导小组副组长的名义，协助何其芳工作。何其芳对他十分重视，在各项工作中都委以重任。""毛星想从事研究工作，坚决不要'副所长'的官名，实际上还是以主要精力协助何其芳工作，成为所长得力的助手。而他的研究工作几乎成了'副业'。他尊敬何其芳,在工作上总是听从他的安排而从无怨言。直到何其芳因病逝世,沙汀、陈荒煤来到文学所担任领导工作后,他才摆脱了所里的一些杂务,专心致力于民间文学研究。""他到文学所后,长期以来不但未提升过行政级别(原行政十级),而且两次要求降低工资:1954年到文学所后,向北大党委提出请求;我国'三年困难'时期(即'大跃进'造成严重经济困难),又请求降低工资。1956年,全所评定职称时,由所长郑振铎、何其芳提名,并经学术委员会讨论一致通过,定为二级研究员。但他谦虚地说:'我的学术水平不高,不能定得太高。'在他的坚决要求下,才改为三级研究员。"(见王平凡、白鸿:《忆毛星同志》,收入《毛星纪念文集》,第16页、第18页、第20页;亦见《文学所往事》,第26-28页。)"1957年4月,文学所创办《文学研究》……主编何其芳、副主编毛星。"(见王平凡、白鸿:《忆毛星同志》,收入《毛星纪念文集》,第7页;亦见《文学所往事》第20页。)"他来文学所大概是1954年,他参加领导小组,他的级别与何其芳平级,他就自动退下一级。这样的事不多见。"(见孙剑冰:《匆匆……》,收入《毛星纪念文集》,第56页。)"毛星同志是在1954年调来文学所的,他曾经对我说过,他对文学专门研究工作十分向往才来研究所的。他担任秘书主任职务和做党的工作，但他主要还是从事义务工作……'何其芳同志在义务工作上也很倚重他'几乎是我到文学所后就感受到的一个事实。""1956年5月筹备创办《文学研究》，到1957年3月出刊，尽管当时无总主编和副主编的名称，但毛星同志是实际上的常务副主编（后来才设立主编、副主编）。""凡是在早期文学所工作的人都知道，毛星同志不愿出任副所长。当时有些同志不理解，至今还有这样那样的猜测。但我想，最重要的是事实，作为长期担任党的领导小组副组长的毛星同志，他在协助何其芳同志的工作中，在文学所的建设发展中，是有重要功绩的，这是历史事实，凡是长期在文学所工作的同志，都能见证这个历史事实。"（见邓绍基：《忆毛星同志》，收入《毛星纪念文集》，第67页、第69页。）在毛星的同事、朋友之间流传的"毛星不当官、自降职称、降工资"的"历史传说"，除了早期或长期在文学所工作过的人的讲述（邓绍基），更多的是根据王平凡的回忆而形成了不同版本的多种异文，如："听中国社会科学院文学研究所原党委书记王平凡同志讲，毛星同志从东北调来时，工资较高。他于1954年和'三年困难'时期，曾两次向党组织要求降工资，且真的降下。1956年，文学所评职称由所长郑振铎、何其芳提名，学术委员会通过，定为二级研究员，他要求降为三级。原来领导上安排他任副所长,他不接受,他甘愿做何其芳的秘书。为了工作方便,领导上只好给加了个领导小组副组长和秘书主任头衔。"(见陶阳:《跟随毛星同志大理采风》,收入《毛星纪念文集》,第90页。)"1954年,他从东北局是作为副所长调入文学所的。但他坚决不做'官'。他说他就做学术秘书,做何其芳的助手。其实他当时的行政级别比何其芳还高,所里觉得定秘书不合适,就以秘书主任称之……他到文学所后,不但长期没有提过级,反而两次自动降低工资。1956年,全所评定学术职称时,给他定为二级研究员,但他坚决不接受,最后才改为三级研究员。"(见杨亮才:《先生之风 山高水长——忆恩师毛星先生》,《民间文化论坛》2004年第5期;亦收入《毛星纪念文集》,第122页。)"1954年毛星从东北调到北京任文学所副所长。他到所之后表示,将尽量协助所长郑振铎、副所长何其芳工作,但不要挂副所长的名义……然而每次运动毛星都为'不遵照组织的决定担任副所长'而受到批评……1956年,文学研究所建所后第一次评定业务职称,何其芳、俞平伯、钱锺书评为一级研究员,孙楷第、余冠英、王伯祥、潘家洵、罗大冈、李健吾、蔡仪、毛星评为二级研究员。毛星表示自己业务水平达不到二级,评为三级也高,坚决要求降下来,学术委员会和所领导尊重他的意见，改为三级研究员。"（见马靖云：《往事悠悠》，收入《毛星纪念文集》，第138页。）"有的同志还说，他到文学所不久，中国科学院正式任命他为副所长，被他坚决辞了。他到所时看到自己的工资比何其芳同志高，便主动要求降一级，隔了不久又自己再降一级……"（见吴庚舜：《难忘的往事——回忆敬爱的毛星同志》，收入《毛星纪念文集》，第153页。）"我1963年来文学所后，就听说国务院曾任命毛星同志为文学所副所长，他却硬不要这个官位，因此还受到批评。"（见陆永品：《缅怀毛星同志》，收入《毛星纪念文集》，第167页。）"本来上级要任命他当副所长，他坚决不干，甘心当一名普通研究员，连何其芳同志都敬重他……"（见肖莉：《我所认识的毛星》，收入《毛星纪念文集》，第182页。）"直到毛星去世后，我从文学所老同志的文章里才知道毛星在1955年文学所改属中科院后就是党的领导小组副组长，一直努力认真地做好所内党的工作。在行政上他当初到文学所是以'副所长'之职调任的，但到所后却坚持不当副所长，只愿做个普通的研究员，所长何其芳只好让他暂任秘书主任……直到几年后调来一位行政副所长，他才专门做研究和编辑工作。"（见陈璞：《怀念毛星同志》，收入《毛星纪念文集》，第49页。）

⑤ 毛星:《往事记琐》，毛晓平提供；毛晓平整理：《毛星延安时期回忆录》，《新文学史料》2016年第1期；《文论家毛星逝世》，《中国文学年鉴》2001年1月；王知晓、罗溟：《难忘恩师——两个"退役老记"的回忆》，《新闻传播》2004年第3期；王平凡口述、王素蓉整理：《中国科学院文学研究所大事记（上）——郑振铎、何其芳领导时期的文学所》，《当代文学研究资料与信息》2010年第6期；王平凡口述、王素蓉整理：《中国科学院文学研究所大事记（中）——郑振铎、何其芳领导时期的文学所》，《当代文学研究资料与信息》2011年第1期；王平凡口述、王素蓉整理：《中国科学院文学研究所大事记（下）——郑振铎、何其芳领导时期的文学所》，《当代文学研究资料与信息》2011年第2期；王素蓉：《毛星伯伯，一路走好！》，收入《毛星纪念文集》；王平凡、白鸿：《忆毛星同志》，收入《毛星纪念文集》；白鸿编：《毛星年表》《毛星著作目录》，收入《毛星集》（中国社会科学院学者文选），中国社会科学出版社2002年版。

⑥ "我……又被调到新成立的文艺运动资料室，室主任是何其芳，我负责编油印刊物《文艺动态》。《陕北民歌》一书就是在这时由何其芳主编，资料室的同志，还有公木参加，何其芳

最后定稿编出来的。"（见毛晓平整理：《毛星延安时期回忆录》，《新文学史料》2016年第1期。）"［延安鲁迅艺术文学院］戏音系、文学系及延中的许多陕北同志给了我们很大的帮助。……材料的来源主要是中国民间音乐研究会的同志们几年来所采录的歌词，其他文艺团体及文学系的同志们也供给了我们一部分。这些材料部分地曾先后经过公木、李雷、葛洛、厂民、鲁黎、天蓝、舒群几位同志的初步整理；至于编选、校勘、注释的工作则由何其芳同志负责，公木、毛星、程钧昌、雷汀、韩书田同志参加。在这里，一并记下他们的辛劳。"［见鲁迅艺术文学院编：《关于编辑〈陕北民歌选〉的几点说明》（1945年10月），收入《陕北民歌选》，新华书店发行，1950年，第1—3页。］"延安时代［毛星］与何其芳、公木合编《陕北民歌选》……他与何其芳、公木合编的《陕北民歌选》，不仅当时在国内外产生了广泛的影响，而且至今还是民间文学作品的典范。"（见杨亮才：《先生之风　山高水长——忆恩师毛星先生》，《民间文化论坛》2004年第5期。）"1945年毛星曾在延安鲁艺文艺运动资料室工作过一段时间，在何其芳的领导下，负责对当时在延安各文艺单位的同志们在陕甘宁边区所采集的民歌进行整理和编订，最后由何其芳和张松如（公木）编为《陕北歌谣选》。"（见刘锡诚：《二十世纪中国民间文学学术史》下卷，中国文联出版社2014年版第709页。）

⑦ 李星华记录整理，中国科学院文学研究所民间文学组主编：《白族民间故事传说集》，人民文学出版社1959年版；杨亮才、陶阳记录整理，中国科学院文学研究所民间文学组主编：《白族民歌集》，人民文学出版社1959年版；刘超整理，中国科学院文学研究所民间文学组主编：《纳西族的歌》，人民文学出版社1959年版。

⑧ 毛星：《关于白族的几点情况》，收入《白族民间故事传说集》。"一九五六年九月，中国科学院文学研究所组织了一个民间文学采录调查组，到云南作了一次实习性的调查。调查组达到昆明以后，分为白族和纳西族两个小组，分赴大理自治州和丽江地区进行工作。参加白族调查小组的有毛星、李星华、陶阳，还有云南大学的杨秉礼（白族），到了洱源，杨亮才（白族）也参加了这个小组的工作……我们从出发到返京，只有三个月的时间……以后杨亮才又留在高寒山区工作了两个多月……"（见《白族民歌集》《前言》，第1页。）"［我］有了这些思考，就分别和贾芝同志、孙剑冰同志交换意见，他们表示赞成，并且我和孙剑冰同志还初步商定，待民间文艺研究会的整顿干部

队伍工作一结束,我们俩就深入到较为熟悉的江苏丰县来个全面普查,待这一设想准备付诸行动时,由于当时民间文艺研究会是由文学研究所和中国文联双重领导管理,外出经费就要报文学研究所何其芳同志审批。何其芳同志对这一计划非常重视,毛星同志得知后不但大力支持,并且自告奋勇愿意参加这一工作,决定由文学研究所和民间文艺研究会组成联合调查采风组,当时要求参加的同志很多,经过研究,决定由六人组成,毛星同志带队……"(见刘超:《星虽陨落光犹存——怀念毛星同志》,收入《毛星纪念文集》,第80页。)"前年[1957年]秋天,我参加了中国科学院文学研究所组织的云南民间文学调查组,到滇西地区作了将近两个月的实习性的调查采录工作。"(见李星华:《关于白族的民间故事传说》,收入李星华记录整理,中国科学院文学研究所民间文学组主编:《白族民间故事传说集》,人民文学出版社1959年版第146页。)"文学所为了探索和总结民间文学调查采录的经验,组成了云南民间文学采录组,由毛星同志带队,于1956年9月1日出发。调查组成员有孙剑冰、青林(卞之琳的爱人),民研会有李星华(李大钊女儿,贾芝爱人),刘超和我共六人。"(见陶阳:《跟随毛星同志大理采风》,收入《毛星纪念文集》,第90页。)"我们一行六人于

1956年8月离京，绕道广西南宁才到达了昆明。"（见刘超：《星虽陨落光犹存——怀念毛星同志》，收入《毛星纪念文集》，第80页。）"我们一起工作了三个多月，朝夕相处，毫无芥蒂，关系特别好。"（见杨亮才：《先生之风　山高水长——忆恩师毛星先生》，《民间文化论坛》2004年第5期；亦收入《毛星纪念文集》，第116页。）"据陶阳回忆，那次田野调研历时三个月，几乎走遍了大理、丽江地区。"（见《文学所往事》，第11-12页。）"1956年9-11月，受何其芳指派，［毛星］率领中国科学院文学研究所云南民间文学调查组到滇西进行的民间文学调查采录……这次滇西调查，也得到了时在云南大学任教的李广田的支持。参加这次民间文学调查组的队员有：李星华、陶阳、孙剑冰、刘超、青林（后因故先期回京）。到云南后，分为大理和丽江两个小组。大理组又吸收了当地文化工作者杨秉礼、杨亮才为助手……毛星作为这次为期三个月的滇西民间文学田野调查的负责人，在调查结束后写了一篇《关于白族的几点情况》……我们有理由看作是这次滇西采风的调查报告。"（见刘锡诚：《二十世纪中国民间文学学术史》下卷，第709-710页。）据毛晓平查证毛星生前日记，毛星1956年8月30日离京，11月24日返京，毛星1956年云南之行历时八十七天近三个月。

⑨ 见毛星：《〈中国少数民族文学〉序》，收入毛星主编：《中国少数民族文学》上册，湖南人民出版社1983年版第10页。"直到现在为止，所有的中国文学史都实际上不过是中国汉语文学史，不过是汉族文学再加上一部分少数民族作家用汉语写出的文学的历史。这就是说，都是名实不完全相符的，都是不能比较完全地反映我国多民族的文学成就和文学发展的情况的。发掘和研究各少数民族的文学作品，编写出各少数民族的文学史或文学概况，在这样的基础上再来编写中国文学史，中国文学史的面貌将为之一变。"［见何其芳：《少数民族文史学编写中的问题——一九六一年四月十七日在中国科学院文学研究所召开的少数民族文学史讨论会上的发言》，《文学评论》1961年第10期；亦收入何其芳：《文学艺术的春天》，作家出版社1964年版；亦收入《中国民间文学论文集》（上），中国民间文艺研究会上海分会编，上海文艺出版社1980年版；亦收入中国社会科学院少数民族文学研究所编印：《中国少数民族文学史编写参考资料》（1984年），第57页。］"编写多民族的中国文学史的构想，是由中国科学院文学研究所提出来的。何其芳作为首倡者……参与这个构想的，还有文学研究所各民族文学组的贾芝和毛星。"（见刘大先：《现代中国与少数民族文学》，中

国社会科学出版社2013年版第59页。）

⑩ "有关编写[各少数民族文学史]工作的问题，请各地与中国科学院文学研究所学术秘书室直接联系，文学研究所指定由贾芝、毛星负责这一工作。"[见《中共中央宣传部关于少数民族文学史编写工作座谈会纪要》（1958年），收入中国社会科学院少数民族文学研究所编印：《中国少数民族文学史编写参考资料》（1984年），第4页。]"编写少数民族文学史，这是1958年中宣部副部长周扬给文学所一项新的科研任务。文学所由贾芝、毛星承担编写任务。"[见《中国科学院文学研究所大事记（下）——郑振铎、何其芳领导时期的文学所》，《当代文学研究资料与信息》2011年第2期；亦见吕微：《中国少数民族文学史研究:国家学术与现代民族国家方案》，《民族文学研究》2000年第4期；亦见《中国少数民族文学史编写中的学科问题与现代性意识形态》，《民族文学研究》2001年第1期。均收入董乃斌、陈伯海、刘扬忠主编：《中国文学史学史》第三卷，河北人民出版社2003年版。]

⑪ "中国社会科学院文学研究所《中国少数民族文学》编辑组的成员是：毛星、仁钦、刘魁立、祁连休、肖莉、丁守璞、贺学君，其中负责和出力最多的是刘魁立、祁连休两同志。"（见毛

星：《〈中国少数民族文学〉序》，收入毛星主编：《中国少数民族文学》上册，湖南人民出版社1983年版第34页。）

⑫ 毛星：《〈中国少数民族文学〉序》，《中国少数民族文学》上册，第32-34页。"毛星伯伯在1956年9月和1980年4月两次组织带领文学史的同志深入到云南、贵州、海南等地少数民族地区进行田野调研……第二次南下调研时毛星伯伯刚刚恢复工作不久……这次田野调研重点是云南西双版纳、贵州镇宁和海南等地，并最终完成了《中国少数民族文学》这篇巨著。"（见《文学所往事》第11-12页。）

⑬ 刘锡诚：《二十世纪中国民间文学学术史》下卷，第711页。"这是一部介绍性的著作，不是历史，不是理论，不是批评，也不是评介，我们只抓了一个'介'字。"（见毛星：《〈中国少数民族文学〉序》，收入《中国少数民族文学》上册，第28页。）

⑭ 老舍：《关于兄弟民族文学工作的报告——在中国作家协会第二次理事会（扩大）会议上的报告》（1955年），《文艺报》1956年7月号；《周扬同志在少数民族文学史讨论会上的讲话》（1961年），《民间文学》1961年第5期。均收入中国社会科学院少数民族文学研究所编印：《中国少数民族文学史编写参考资料》（1984年）。

⑮ 老舍:《关于兄弟民族文学工作的报告——在中国作家协会第二次理事会(扩大)会议上的报告》(1955年),《文艺报》1956年7月号;《周扬同志在少数民族文学史讨论会上的讲话》(1961年),《民间文学》1961年第5期;均收入《中国少数民族文学史编写参考资料》。

⑯ 毛星:《从调查研究说起》,《民间文学》1961年4月号;亦收入中国民间文艺研究会编:《民间文学搜集整理问题》第一集,上海文艺出版社1962年版。

⑰ 毛星:《〈中国少数民族文学〉序》,《民间文学论坛》1982年第2期;亦收入《中国少数民族文学》上册,第1页;亦收入中国社会科学院少数民族文学研究所编印:《中国少数民族文学史编写参考资料》(1984年);白鸿编:《毛星集》(中国社会科学院学者文选),中国社会科学出版社2002年版。"毛星写于1982年上半年的《序言》。"见刘锡诚:《二十世纪中国民间文学学术史》下卷,第711页。

⑱ 毛星:《民间文学及其发展谫论》,《民间文学论坛》1984年第1期;收入白鸿编:《毛星集》(中国社会科学院学者文选),中国社会科学出版社2002年版。

⑲ 毛星有关民间文学的论著还有:《不要把幻想和现实混

淆起来——试答关于几篇故事的疑问》,《民间文学》1956年4月号。收入毛星《论文学艺术的特性》(中国科学院文学研究所专刊),人民文学出版社1958年版;《中国民间文学论文集》(下),毛星《谈情歌》,《民间文学》1979年第2期。

⑳ 朝戈金:《口传史诗诗学:冉皮勒〈江格尔〉程式句法研究》,广西人民出版社2000年版第78页。

㉑ 户晓辉:《民间文学的自由叙事》,社会科学文献出版社2014年版第109页。

㉒ "表演者不仅有[对完满形式或完整形式的]形式意志或形式冲动,而且有对完满形式或完整形式的守护和追求,他们在表演过程中要力求实现他们心目中的某种完满形式或完整形式,这是他们的自由权利。"(见户晓辉:《民间文学的自由叙事》第105页。)

㉓ "我很同意苏联研究民间文学的专家爱尔娜·瓦西里也夫娜对民间故事记录的看法。她说:'同一个故事,每个人都有自己的讲法,而每个讲法都有它的价值。因此,一个故事常常记十次、二十次,甚至一百次。'"(见李星华:《关于白族的民间故事传说》,收入李星华记录整理:《白族民间故事传说集》,人民文学出版社1959年版第163页。)"早在1910年代,

Boris Sokolov就提出了民族志工作的三个基本原则,即:描述和记录尽可能做到完整性、准确性和客观性。苏联1920年代后期的故事委员会(The Tale Commission)已提出要寻求每个地区的'最佳讲述人'(best narrator)并获得更好的文本材料(better textual material)。Dana Prescott Howell,The Developmemt of Soviet Folkloristics, Garland Publishing, Inc., 1992, p.61, p.132.只是若想断言这些看法何时译介到国内并且是否对毛星、刘魁立、刘锡诚等中国学者产生影响,还需文献考证。"(见户晓辉2018年6月30日给笔者的来信。)

㉔ 例如,对于当时的民间文学研究者来说,即便是与讲述者"交朋友"的真诚情感,也只是被视为获取资料的学术手段:"朱大娘所以能讲得这样生动有趣,语言和情节都很细致优美,除了她本人很会讲故事而外,我们一块儿住得很熟,她讲起来无拘无束,我想不能不是一个极重要的条件。因为我们之间没有任何隔阂,她在讲述中充分发挥了自己的天才,她使用多少生动的语言,来描画这个曲折优美的民间故事。可惜我们刚刚交了朋友的时候,我就离开那里,没有时间再听她的动人的故事了……我觉得采录者要想把工作做得深入,就必须跟讲述者打成一片,交朋友。最好的办法是跟群众同吃、同住、同劳动。"(见李星华:

《关于白族的民间故事传说》，收入李星华记录整理：《白族民间故事传说集》，人民文学出版社1959年版第161-162页。）

㉕ 毛星：《民间文学及其发展谫论》，《民间文学论坛》1984年第1期；收入《毛星集》（中国社会科学院学者文选），第400页。建立在"尊重态度"上的人格间关系，不同于建立在情感上的"朋友"关系，后者出于感性的情感，而前者不仅出于感性的情感，更出于理性的意志。

㉖ 毛星：《〈中国少数民族文学〉序》，收入《中国少数民族文学》上册，第28页。"这部著作是我国第一部少数民族文学史，他却强调是'介绍性的著作'。"（见《文学所往事》第29页。）"直观民众的表演，就已经是在通过'呈现社会事实'而维护、促进民众的表演权利了。"（见吕微：《民俗学：一门伟大的学科——从学术反思到实践科学的历史与逻辑研究》，中国社会科学出版社2015年版第374页。）

㉗ 见王素蓉：《后记：远去的身影》，收入《文学所往事》，第453页。

虎彬的笑

故事歌手声犹萦耳天若有情天亦老

后土地祇功不在言教我如何不想他

——陈泳超

2020年3月13日10时26分，尹虎彬走了，走时距他六十岁生日，只差两个月。虎彬是带着对朋友们的依依不舍走的，因为走的时候，虎彬没有把他要走的消息告诉朋友中的任何一位；我想，虎彬是想让朋友们永远记住他在你——无论过从甚密的你还是萍水相逢的你——眼中留下的笑容。

我是在虎彬走后五个小时才从陈泳超处得知消息的。泳超在电话中对我说："你不用智能手机，也没有微信，估计没人电话通知你你就不知道。怕你一下子接受不了，踌躇多时思来想去，觉得还是应该尽快告诉你，毕竟虎彬是与我们走得很近的朋友。"果然，放下电话就再怕拿起电话与朋友说起虎彬，一张口就忍不住要泪涌失声。

我比虎彬年长八岁。平日里，虎彬总叫我"老吕"，赠书时称我"学长"；而虎彬则自谦"师弟"或"小尹"。

在中国民俗学界，鼎鼎大名的尹虎彬，谁人不知谁人不晓？引进"口头诗学"，无论"三剑客"也好，"四大天王"也好，虎彬必是"三""四"之一。虎彬翻译洛德《故事的歌手》（中华书局2004年版），人称"绿宝书"，即便不是中国民俗学界人手一册的"枕中鸿宝"（《汉书·刘向传》），也是民俗学研究生的必读书。扉页上故人的题签"吕微学长 小尹 甲申春北京"历历在目，我指着那一笔一画颇见功力又秀婉无般的毛笔正字小楷，对女儿说："让你虎彬叔叔这么个一丝不苟的学者，去管民族所几百号人的吃喝拉撒，不是难为他吗？""能不去吗？"我曾疑惑地问虎彬，虎彬无奈地笑了笑。我想，到了那边，少了同行的理解和朋友间的信任，虎彬未必会很开心；果然，即便到了民族所以后，一有机会，虎彬还是时不时回社科院大楼参加本专业的学术会议。

在中国民俗学界，虎彬的机智，少有人能与之比肩；学术会议上，虎彬更是经常语惊四座赢得满堂喝彩，于是我总期待着轮到虎彬发表高见的机会。虎彬的高见，并不一定是因为他的见解多么与众不同，而是因为他为自己的见解申述的理由，是你万万也想不到的。我担任文学所民间室主任期间,因为独断专行的调人方式,多被人诟病,而当面支持我的唯有虎彬;我指导的博士生论文,批评其不达标者大有人在,也还是虎彬最先肯定了论文的质量,这才让我放下心来。因为每次虎彬肯定我、支持我的理由,既出乎我的意料之外,却又总在情理之中,所以我信任虎彬;以至于很长一段时间,因女儿报考专业这样的大事我竟没有咨询虎彬而后悔不已。

我自认为很能理解虎彬,但有一事我又始终不解:虎彬2003年就在北师大获得了博士学位,可他的博士论文却一直没有出版。那些年,在社科院大楼开完会,又在"渝信"聚了餐,我和虎彬一同坐地铁回家。入夜的长安街,华灯耀眼。我的最佳路线是先乘地铁二号线到宣武门转四号线,虎彬则要乘一号线。为了与虎彬多说上几句话,我故意与虎彬同乘一号线到西单再转四号线。记得就是在地铁上,我小心翼翼地向虎彬托出了自己的疑问,虎彬笑了笑摇摇头:"你不知道这背后的情况有多复杂!"我有所醒悟。是啊!你不能要求人人都像□□□,为了研究宝卷,先到民间去当个"卧底"。我引康德的话安慰虎彬:"我们能够完满地证明的东西对我们来说,是与我们因亲眼目睹而确信的东西一样可靠的!""但如果你发现你辛辛苦苦调查得来的材料都只是表面功夫，你怎么才能证明那些背后的东西呢？"虎彬反问我。我一时语塞，却仍然固执地劝慰虎彬："那就先把你目睹而确信的东西发表出来，让后人再去证明那些背后的东西吧！"我不知道，我的话对虎彬起过什么作用，虎彬也肯定不会只听我一人的意见；但多年之后，虎彬终于把《河北民间后土地祇崇拜》（学苑出版社2015年版）送给了我，扉页上的题签还是称我"学长"而自谦为"弟"。

《河北民间后土地祇崇拜》共六章，除了第一章"绪论"，第二章"多神崇拜中的一神独尊"、第三章"庙祭传统"和第四章"神社与坛祭"都是对民间信仰实践的现象描述，只有第五章"庙宇和神社传承的宝卷"和第六章"神祇与英雄的多重叙事"才是对民间信仰内容的理论分析。这样的章节安排，显示了虎彬自己对第五章和第六章的论述更有信心，因为用"口头程式理论"分析民间信仰的内容，才是虎彬的强项。但研究民间信仰实践，仅仅是文本分析，工具绝对不敷使用，虎彬深深地认识到这一点，所以我猜，这才是他迟迟不愿轻易出版博士论文的学理缘故。虎彬的学术视野非常宽阔，学术志向异常高远，但也正因为学有涯而知无涯，虎彬才总显得心事重重。

这几年，虎彬超出了他之前的专业训练，先后发表了《从

"科学的民俗研究"到"实践的民俗学"》(《中央民族大学学报》2017年第3期)、《回归实践主体的今日民俗学》(《民族文学研究》2019年第5期),关注学界新的实践范式倾向,偶尔也提到我的名字,其中的一些判断——例如"民俗学存在的先决条件是什么?它是否需要一种超越性的纯粹思辨来为自己设定一个先决条件?这种思辨是否可能为学科设定一个终极目的?""实践民俗学或者生活世界理论倡导者,其主要理论诉求是要求返回个人作为主体的自由意志。现在的情形是,实践民俗学在理论反思层面已经取得观念变革意义上的奠基性的成就,但是,从理论哲学到实践哲学之间,还有许多需要突破。其中主要有实践的范畴过于宽泛,实践研究在理论上的自反性,以及实践研究实际操作难度等。"——正是那些年同乘地铁的途中,虎彬曾向我提出,而我至今尚不能很好地回答的问题。

北京地铁一号线从建国门到西单,一共只有五站。我和虎彬,从建国门上车,或相向而立或并肩而坐,到了西单挥手揖别。就像我们各自的人生,各有不曾相识的过去,但有永远相望的未来;其间,虽然只有短短的几站路同行,但就这几站路,让我们彼此欣赏、相互扶持。当然,在我们同行的路程中,只是我对虎彬有问必答,而虎彬对我却经常笑而不答;于是在我的印象中，虎彬才总是在笑。说到同感之处，虎彬笑得那么开心；说到不同意的地方，虎彬又笑得那么尴尬。因为虎彬视我为兄长，不愿当面反驳我；这样，一遇到不同意我的时候，虎彬就会以笑代答，把自己脸上所有年轻的皱纹，都刻进了我永恒的记忆。

2020年3月16-18日

怀念李伟

一

1998年6月1日晚，李伟突发脑出血被送往医院，连续六小时抢救无效，于6月2日凌晨2时去世，年仅五十一岁。

李伟长我五岁，我们同属"文革"前的"老三届"，但他是"老高三"，我是"老初一"。1977年恢复高考，我们一同考入西北大学历史系历史班，于是才有了我和李伟四年同窗、同舍的大学生活。在此后的二十年中，我一直在心里感激当初负责招生的王子贞老师，如果不是他的手指在招生名单上划过我们名字的时候停顿了一下，我们此生的命运都将完全不同，我和李伟也就无缘走到一起了。

七七级真是一个奇特的群体。"文革"十年大学没有招生，1978年一下子有那么多分属不同年龄层的学子入校，使得七七级更像一个家庭，而不是班级。在这个家庭中，年龄差别可在十五岁以上，于是长幼有序，男女有别，处处充满了家庭生活的温情与严峻：教导与呵护、崇敬与爱戴、管束与压制、不满与反抗。而同龄人之间的默契与平等竞争，倒显得少了些。以至毕业多年以后，无论幼者在社会上已经赢得了怎样的荣誉与地位，回到家中，仍不由得对长者们唯唯诺诺，因为这样一种关系在二十年前入校的那一刻就已经铸定了。

但李伟不仅是长者，更是一名智者。中等身材的他，个子本不算矮，只是因为不好运动过早发胖，掩盖了实际的身高。脸圆，戴眼镜，头发已有些稀疏，但极黑。

二

入校不久就赶上了二十年前的那场关于真理标准的"大讨论"。校园里的讨论自然少了许多政治背景，是较为纯粹的学理式的，政坛上的讨论（实为表态）只是启发校园讨论的一个契机，话语虽然依旧，境界却已完全改换了。但既是讨论就不免出现不同观点的阵营划分，李伟以其思考的深度和论辩的口才自然而然成为其中一派的首席发言人。

讨论是以如下问题开始的：社会科学（具体而言是历史学）研究是否也是一种特殊的实践？或者说在研究的过程中，搜集证据以验证假说是否也属于一种检验真理的实践过程？提出的问题在今天看来当然幼稚，但如果转换一下问题的提法，至今仍不失为知识社会学中的一个尖锐的现代性困惑，即：社会科学知识的客观性。在此问题上，当代学者仍然陷于其中纠缠不清，因此对于没有什么学术积累的那时的我们，在讨论中无所适从就不是不可原谅的了。回想起来，当时辩论到后来，双方论点的正确与否已经无关宏旨，我们只顾得欣赏双方辩论时表现出的智慧的机锋，无论谁说出了什么惊世骇俗之语，台下的听众都会报以热烈的掌声。

但李伟的论点是明确的，他认为，科学研究只是一种思维的活动，尽管要搜集证据以支持其理论或假说，但仍然只是思维形式之一种，而不是实践，实践必须是物质性的。以数学和形式逻辑为基础的自然科学也只有在进入了物质性试验的技术层面时才表现为实践。但是在社会科学中，情况要复杂得多，也就是说价值介入的主观立场总是难以避免的，所谓价值中立也许只是一种现代学者的乌托邦幻觉。这意味着，即使是以某种"社会理论"为指导的物质性的社会实践获得成功，也绝不意味着该理论当然地应该拥有至高无上的意识形态权力，因为该理论很可能只是一种以科学性与客观性自居的"主义式"主张论说的假理论，对于该"理论"本身，仍然需要社会科学的现象描述与理论阐释。

当年的讨论，因为没有记录，难以准确地复述，但可以肯定的是：讨论仍然是在历史唯物论的基本框架内展开的。李伟的观点为许多同学所认同，也是因为大家认为他对马克思主义的理解更为准确、全面和深入。

今天看来，历史唯物论的局限已经毋庸置疑，但在20世纪70年代末，那时的我们尚未掌握更多的学理资源，因此很难从多维角度出发对历史唯物论作出自己的评判，于是历史唯物论几乎是那时我们每一名刚刚入学的大学生的意识形态。但是李伟已经与我们不同，他已经站在理性的立场而不是信仰的立场对待理论自身，尽管那时他所拥有的学理资源也只有马克思主义一种。我们都是从小就被马列主义的氛围所浸染，但这时的李伟已经跳出了这个圈子，并站在圈子之外重新向它的内核突入。当我们仍然仅对马克思本人肃然起敬的时候，李伟已经向马克思甚至老黑格尔发出了赞叹和佩服，这是对理论的严密与彻底的由衷的赞叹和钦佩。我们只有信仰和崇敬，却没有赞叹和佩服，没有与已逝的智者对话时发出的会心的微笑，这会心的微笑曾经怎样浮现在阅读中的李伟的脸上，并照亮了西北大学一隅我们那间拥挤的宿舍。

这就是李伟，这就是李伟为学甚至为人的风格。李伟是真正的"爱智慧者""爱知识者",他从不拿知识和智慧作炫耀的资本。在这一点上,我和李伟曾经多么不同。

"大讨论"之后,政坛上很快开始了平反、"改正"的浪潮。以青年学生的敏感,我很快写出了一篇哲学作业,为杨献珍的"合二而一"论申辩。我认为,就对立统一规律而言,"合二而一"与"一分为二"都只是一种通俗、片面的表述,而不是学理式的严密阐发。从学术大众化的立场出发,二者各自强调了对立统一规律的一个侧面,并不构成绝对的冲突。因此给"合二而一"论扣上反对、否定了对立统一规律的帽子,是学阀式的武断。论点当然不错,但也仅仅简单如此,而且还是从李伟那里"盗窃"来的。因为李伟曾多次对我谈起科学语言严谨性的必要,以及那些"后马克思主义者"的通俗解说所导致的无穷后患。在作业中我虽然表达了对于通俗辩证法的不满,但并未讨论辩证法的规律究竟如何科学、严密地表达,因此这篇作业不是真正的哲学作品,而是一种政治论说的急就章。当然,作业取得了应有的"轰动效应",报纸上不久就有了为杨献珍"鸣冤叫屈"的文章,哲学老师龚杰对我的作业的态度也很快从否定转变为赞赏。我不知道龚杰老师先前对我的评语是出于真诚的立场还是出于政治形势尚未明朗而采取的谨慎的态度,但我知道老师出席了班里的一次专题哲学讨论会，并遗憾地说到会议的主角（也就是我）没有露面。这令我感动。但是我为什么没有参加那次可令我风光一下的讨论会呢？

龚杰老师布置了学习辩证法的作业，同学们都在宿舍里埋头书写。我的"反通俗表述论"很快就完稿、誊清了，而李伟却还坐在那里想半天写一句。李伟的作业也终于完成了，内容是讨论辩证法诸范畴之间的统一性。李伟认为，对立统一是辩证运动的基本规律，而辩证法其他诸范畴都不过是这一基本规律以不同形式的显现。文章不长，只有两千字左右，没有任何哗众取宠的词语，有的只是实实在在的思考和体会。李伟说，我只是为了自己弄懂问题，理清思路。面对这样的文章和为学态度，我无言以对。惭愧使我没有勇气去参加讨论会，没有勇气去面对老师主动表示的歉意，也没有再对任何人说起我缺席的理由。不明个中原因的人也许会认为我在对老师先前的误判颐指气使，却不知我另有苦衷。我将这苦衷深深地埋藏在心底，直到二十年后的今天李伟离去之后，当年的这一幕才又从我记忆的深处浮现出来。我突然意识到，这一幕对我以后二十年的问学生涯产生了多么刻骨铭心的影响。

从上面的这个事例，可知我是怎样的一个人了：我是一个内向的人，我从来都在小心翼翼地保护着自己内心深处的领地不受外人的侵犯，即使是在自己最亲近的人面前。同住一间宿舍，我和李伟有过彻夜的长谈，但我总是在最最关键之处止步不前。李伟深深地洞察了我的这种性格，以至大学四年之后，李伟在我的毕业留言本上写下了如下一句话："当我走近你时，你可曾闪开身？"与所有的同学都不同，没有赞美，没有祝愿，只有坦率、真诚的询问，直逼你的内心。但我和他都知道，我们之间的友情，将会因这动人的询问而终生不渝。

三

说李伟是一名爱智者，并不是说李伟拒绝"行"，拒绝实践，拒绝"经世致用"。相反，李伟后来成为一名出色的"行者"——实践家。我曾多次设想，如果李伟继续他的学问会怎样？我也多次回答自己，如果李伟继续他的思想之旅，他会成为当代中国一名一流的哲学家，或者历史学家，对此我深信不疑。望着那些趾高气扬的一代跨世纪中青年学者，我总是在心里说，如果李伟继续他的学问，他不会比你们之中的任何人差。由于李伟，我深深地知道，我们当中的最优秀者，最终没能走在学术之路上。因而当你深悟此中的道理时，你就会加倍努力，因为你知道，你手中的这件活计如果让他们来做定会做得更好，因此你要努力！

李伟最终没有选择问学、为学之路，而是在1981年——七七级毕业的最后一年选择了从政之路。我从没问过李伟所以这样选择的考虑，但我知道，"经世致用"的思想在李伟并非偶然。

毕业前的最后一个学期，同学们都在紧张地写作学士论文。我的题目是"中国古代神话"，而李伟的论文是讨论古代希腊的古典民主制度。我们一时都沉浸在自己的写作激情当中，但我们写作的价值取向已经显示出相当的差异。我在"为学术而学术"，而李伟是"为社会而学术"。用马克思的话说，我的学问只是为了"说明世界"，而李伟的学问是为了"改造世界"。李伟也承认，我所选择的学问对象对于一名深受传统浸染的中国知识人来说是有相当诱惑力的。他说，中国古代的灿烂文化的确醇如美酒，能让人沉醉、流连其中，成为避世的港湾，许多先前研究西学者晚年又回到国学当中并非偶然。对此我表示同意，我也认为，对"真"的追求往往会转换为对"美"的享受。当然，李伟很赞同也很羡慕我能作出这样的问学选择，但他说他自己似乎不能够。那时顾准的讨论古希腊城邦制的文章已经发表，也许是受顾准的启发，李伟也选择了古代希腊作为自己毕业论文的题目。在文章中，李伟讨论了古典奴隶制民主制的形式，他认为奴隶制的性质在此只是一个次要的问题，重要的是在政制形式的建制方面，人类曾经创造过怎样的奇迹和典范，因此古代希腊的古典政制这一"有意味的形式"才是全人类最值得珍视的文化遗产。当然，李伟的上述论断在今天看来或已成为常识，但在1981年的我们听来简直是石破天惊。

　　李伟毕业论文所体现的"经世致用"的态度取向是明确无误的，这说明他始终不能忘情于世事，忘情于他所生活于其中的中国社会现实，他要运用自己的知识并通过亲身的实践去改造它而不仅仅满足于说明它，我想这就是李伟毕业以后从事业务行政工作的思想基础。李伟不是纯粹的爱知者，而是实践的爱知者，也就是说李伟是一名"知行合一"论者。就李伟的知行观而言，"知"固然是手段，"行"固然是目的；但是"行"作为后果，总是以一定的、确定的"知"为前提的。与许多简单强调"行"的人不同，李伟始终把"知"放在极重要的地位，如果没有"知"作先导或指导，那么"行"就将成为无果之"行"，或者成为导致恶劣后果之"行"。在李伟看来，在这样的"知行统一"的关系中，"行"才与"知"同样重要。

毕业以后，李伟被分配到西安市城墙管理所工作，不久一个重修西安城墙的宏大计划在他的头脑中生发了。我去设在西城门楼上的城墙管理所看望过李伟，他的办公桌上正摊开一本厚厚的古代建筑学专著《营造法式》。李伟对我说，其实要成为专家并不难。许多人在城管所工作多年，从未认真勘察过一段城墙，我现在还只是绕城走了一圈，察看了城墙每一段的现状，就成了专家了。经过几年的辛勤工作，李伟手中积累了大量有关城墙的资料，我曾劝他写一本关于城墙的专著，他也同意，认为值得一写，但始终没有动笔。

重修西安城墙的计划得到上级的重视和赞许，于是在全国文物界影响颇大的维修、保护、开发西安城墙的浩大工程开始了。我不知道为了这项工程李伟曾付出过多少心血和汗水，只知工程开始不久，一项更为壮观的工程——陕西历史博物馆已经在等待他，他以修葺西安城墙的出色业绩被委以筹建这座亚洲最大博物馆的重任。虽然他只是筹建处的副主任，但谁都明白，他是第一线上真正的实干家。他曾考察过不止一国的博物馆，并以自己对历史的独到理解在心中规划了未来博物馆的蓝图。他认为历史不只是政治、军事的历史，更是文化的历史；不只是官书的历史，更是民俗的历史。那时，他得知我正在研习文化人类学，他于是希望我能去未来的博物馆和他一起工作,他认为在那里有我们的用武之地。

博物馆终于建成了,望着那气势宏伟的仿唐式建筑,我似乎看到了李伟的身影。尽管设计图纸出自一位杰出的女建筑家之手,但在方案的选择以及最后的定稿方面我确信李伟曾发出自己的声音,我坚信那秀美而壮观的建筑凝固了李伟的审美理想。

修葺后的西安城墙和新落成的陕西博物馆都是李伟永久的纪念碑。

四

李伟生前的最高职位是陕西历史博物馆的副馆长,在他生活的最后几年没有再得到升迁的机会。以李伟的业绩,同学们认为他早该登上更高的权位了,尽管李伟自己把升官看得很淡;尽管以李伟的智慧,他能够轻易地掌握升官之道,但他不屑为之。

我没有详问过李伟的家世,我只知道在我们相识的时候,他的父亲已经去世,他有一弟一妹,还有老母需要他赡养。不知为什么我总是认为李伟的家世曾经显赫只是中道没落,因为在他的身上,我总能看到一派士族的高贵和优雅;也正是由于家道中落与困顿的磨炼，我想他才能一生当中勇敢地面对任何挫折。

在从政失意的时刻，李伟曾经向我吐露弃职经商的想法，这曾怎样地令我吃惊和钦佩。李伟以近五十岁的年龄，毅然、勇敢地要去开辟一条新的人生之路，这勇气让我倾倒；同时我也始终相信，以李伟的风格和能力，他做任何事都会成功。当然从世俗的眼光看最终也不免会失败，特别是在眼下商品经济秩序尚未完善，黑道、白道同时泛滥的时候，李伟仍然企图坚持走一条知识型的道路，无疑会取得相当的成就，但其结果也只能为人所用而不会为己所享。

问题是李伟自己是否意识到了这一点？也许他还没有意识到，当局者迷。许多同学、朋友都认为李伟不适于经商，这话并非没有道理，从本质上说，李伟仍然是一介书生。也许如果当年李伟选择了问学、为学之路，他的前途将会平坦得多。但是真正的问题并不在这里。我曾反复地思量，对于李伟来说，真正的个体性问题是什么？这问题就是，李伟以知识为个体生命的根基，以知识为自己生命的基本表达，这，就够了。至于知识以什么样的方式表达自身其实并不是最重要的，它可以是学术型的，也可以是事功型的。在李伟的眼中，传统的"万般皆下品，唯有读书高"以及"立德、立言、立功"的知识等级是不存在的，他对知识的看法反映了一个典型的现代自由知识人的立场。许纪霖认为，王晓波独自一人支撑、接续了现代中国自由主义精神之脉络，但实际并非如此。在李伟的身上，我们不正可以看到另一种类型的一代自由主义知识人的现代精神？李伟以自己悲壮的实践在传统中国的知识结构与社会结构中注入了自己力所能及的变革酵素，李伟生不逢时，但也生逢其时，环境的压力已将李伟的精神展示无遗。

五

李伟是充满现代精神的自由主义知识人，他以对知识（"求真"）的信念为自己生命的根基，因此他最尊崇的道德就是——诚实。李伟抛弃了任何形式的虚伪，在任何时候他都真实地面对自己的内心，从不躲闪、虚饰自己的立场和感情。李伟认为，每个人的情感容量是不同的，有的人终其一生可能只爱一个人，但有的人他所爱的对象却可能在一个人以上。对李伟这种坦率、富于勇气的表白，我曾十分感动。我认为，李伟对人之情感向度的判断本是一个事实，是一个人人皆知的事实，只是生活于复杂社会关系网中的人们总是没有勇气公开地承认它、面对它，因此李伟的真诚、坦率以及勇气就更为可贵了。只是在人应当如何表达自己感情的方式上，我与李伟的看法有差异。我认为，爱并不一定都要表达出来，没有公开表达出来的爱也不一定就是虚伪，尽管是自我压制，但历史上心理压制的结果也往往导致情感的升华。李伟也同意。李伟对自己感情的表达和处理始终是认真和负责任的，他绝不愿因自己的情感表达方式而损害自己所爱的人的心，他反对那种只顾自己情感表达而不顾他人的不负责任的做法。他多次对我说过，他与妻子晓鸣的感情是无人可以替代的。

正因为李伟将人的情感和信仰世界视为纯粹个体精神和事务的领域，因此他始终坚持以宽容的态度对待朋友的不同生活方式（包括问学方式）。他认为，生活方式的选择完全是每个人私人性的事件，每个人都应自主地、负责地决定自己个体性的生活道路，同时也无权干预别人的私人生活领域。这当然纯粹是一种现代自由精神的体现，是一种源于知识理性的现代立场：尊重个人，不只是个人的情感，同时也还有个人的信仰，甚至普通的、凡俗的立场。这就是宽容。宽容，即对他人选择的尊重，这些最基本的现代自由原则，虽然已经为当代中国的多数知识人所承认，但实际上在实行起来的时候仍然不很容易。专制、干预别人，其实并非全是所谓封建遗毒，而是我们每个人与生俱来的弱点和生存倾向。人类的历史本是一部走向自由的历史，因而自由、宽容也是发生于我们每一个具有现代思想的知识人心灵中的历史事件，我们只有在克服了我们内心的专制倾向，才能真正实现存在状态的根本转换。

二十年来，我总是在问，这样一次生存状态的根本转换在李伟的内心是什么时候发生的呢？是怎样发生的呢？我一直没有遇到合适的机会和气氛与李伟讨论这个问题，但我知道，这样一次转换在李伟的内心是早已完成了。因此你可以和他争论，你可以拒绝他并被他所拒绝，但是你的内心是愉快的，因为你相信，你的感情和立场能充分地被他理解，被他尊重。当你们相向对坐，面对他那微笑的眼睛时，你清楚地知道，他在认真地倾听，他在倾听你的流淌的话语，也在倾听你的内心。我坚信，我今生今世最感愉快的事情，就是和李伟交谈了。虽然，从大学毕业到我离开西安的十年间，我们并没有几次交谈的机会，一年平均不到一次吧，但是这样的交谈在我的生命中始终占有最重要的位置。当一个人确信，一次倾心的交谈总是在你生命的前方等待你的时候，你不认为，你的生命是愉快的吗？即使等待中的交谈也许要在一年甚至几年之后才可能实现，但它存在着，存在于你的期待之中，因而也就是存在于你此刻的生命之中。但是现在你离去了，李伟，你的肉体离去了。当我意识到我们的交谈也许要从此中断，我突然发现我生命的空间有一角坍塌了。一个人的生命绝不只是他自在的肉身存在，一个人的生命空间可以扩展到广袤的世界，至少对于我来说，我生命的空间边界可以扩展到李伟和晓鸣曾迎我而入的那间雅致而温馨的客厅。

但是，我们之间的交谈真的会因你的离去而终止吗？难道交谈就一定需要声音的直接传递吗？如果在我的内心，在我今后的人生旅途中我始终不中断对你的倾诉呢？那么我们的交谈不仍然会继续下去吗？而且我坚信，你一定仍在倾听着我的絮语。我知道，你多么想走进我和晶在北京营筑的小巢，前年晶到西安时你还向她亲口保证到北京一定要来家中。但是你就这么突然离去了。从6月2日到今天已经十天过去，在这十天当中，我不断地在问，你为什么离去？你为什么离去？你究竟想用离去的极端方式对我说什么？今天，当我写下了以上这些文字的时候，当我回忆了你我二十年的友情之后，我突然意识到对于我来说你的离去究竟意味着什么。就像你当年在我的留言本上写下那句话时一样，我又听到了你严肃而真诚的询问。你分明是在问我："在我们分别了这么多年之后，你的生活怎样？你是否仍然在坚持当年的信念？"李伟，你以自己不平凡的一生，以及这突然的中断，及时地提醒着我们：在我们后半生的道路上，我们究竟该怎样继续前行？我相信我会永远感觉到你的存在，而你将永远陪伴着我们。

1998年6月12日
于北京东城小羊宜宾胡同5号（曾经为3号）故地

我与文学所民间室

已经记不清我确切是哪一年正式调入文学所。在正式调入文学所之前,经马昌仪先生推荐、吕薇芬先生介绍、徐公持先生同意,我在《文学遗产》编辑部已见习工作了一年有余,其间我在《文学遗产》杂志上发表了《楚地帛书、敦煌残卷与佛教伪经中的伏羲女娲故事》[①]并获王季思古代文学研究基金奖(1997年)。正式调入文学所之后,我有两种选择,一是继续留在《文学遗产》编辑部,二是到民间文学研究室工作,因为编辑部和研究室都向文学所提交了申请调入我的报告。《文学遗产》主编徐公持先生真诚地挽留我,但我考虑,自己不是学古典文学出身,虽然也不是学民间文学出身,却毕竟做了这么多年民间文学研究,于后者还不算外行,就还是决定到民间文学研究室做助理研究员。记得有一次我撰文《〈文学遗产〉编委会座谈纪要》[②],其"唐代诗人"中竟出现了"纳兰性德"几个字,董乃斌先生审稿后悄悄提醒我:"纳兰性德是清代满族词人。"而我当时确实对纳兰性德何许人也一无所知,可见我的中国古典文学水平。此事董乃斌先生从未向任何人提起，这就是董乃斌先生之所以为董乃斌先生啊！

我1984年就认识马昌仪先生了。我的大学同学蔡大成（时任《民间文学论坛》编辑）把拙作（真的是"拙作"！）《中国洪水故事结构研究》推荐给《民间文学论坛》主编刘锡诚先生，得到先生的认可，也得到了先生的夫人神话学家马昌仪先生的赞可。③该文在《民间文学论坛》上发表一年以后，《民间文学论坛》编辑部在北京召开了"民间文学青年学者座谈会"（1986年），民间室借机邀请与会"童子四五人"（我记得有谢选骏、蔡大成、叶舒宪、阎云翔……）到文学所座谈。程蔷先生主持座谈会，我有幸与会，又认识了程蔷先生。民间室有辉煌的历史，著名的民间文学家诸如毛星、贾芝、孙剑冰、刘魁立、仁钦道尔吉……诸位先生都曾在民间室任职。座谈会上讨论了什么问题，如今已完全忘光了，只记得阎云翔在会上说过的一句话："费孝通先生的《乡土中国》，我每年都要再读一遍。"

进了民间室不久，就参与由祁连休先生、程蔷先生主持的中国社会科学院重大集体项目"中华民间文学史"的研究与写作。《中华民间文学史》（一卷本），祁连休先生是第一主编，程蔷先生是第二主编，河北教育出版社1999年出版了第一版，我起草了该著的《导言》，撰写了其中的《神话编》。《神话编》原本应该由马昌仪先生撰写，但因其时马昌仪先生已退休，故改由我执笔。2008年该书修订，更名《中国民间文学史》，祁连休先生和程蔷先生坚持让我署第三主编。④

《中华民间文学史》（一卷本）完成以后，祁连休先生又领衔申请了《中国民间文学史》（多卷本）的院重大集体项目，我也恭与盛事。但是，因为我至今都没有想清楚，曾经作为共同体正当性想象的文学史叙事，在新的实践理论条件下竟该如何写作？所以一直没有完成我负责撰写的其中神话卷的修订工作，拖了全书正式出版的后腿。所幸的是，祁连休先生撰写的故事卷、郎樱先生和仁钦道尔吉先生撰写的史诗卷、贺学君先生撰写的叙事诗卷、李玫先生撰写的民间小戏卷，都已分别出版了单行本。《中国民间文学史》结项以后，除了参与民间室、文学所、民族文学所已申报成功的集体项目，我个人没有领衔申请、主持过任何集体项目；除了一次申请社科基金个人项目的失败经历之外，至今也再没有申请任何个人项目，我自忖在学术上还是不大够格。

我进民间室的时候，祁连休先生任民间室主任，程蔷先生任民间室副主任。祁连休先生退休后，本该程蔷先生接任民间室主任，但程蔷先生却坚持让我接任祁连休先生的民间室主任职务，程蔷先生则继续任民间室副主任。这也是程蔷先生之所以是程蔷先生，就如同董乃斌先生之所以是董乃斌先生！程蔷先生调上海大学工作后，安德明任民间室副主任。我2012年退休，安德明接任民间室主任，施爱东任民间室副主任。在我进民间室之后直到退休之前，先后调入民间室的有安德明（祁连休先生任室主任期间调入）、邹明华、户晓辉、施爱东、乌日古木勒（我任室主任期间调入）。尽管调入的都是出色的学者，但我既兼容并包又独断专行的调人方式，曾备受多方面的质疑甚至诟病。

在我任民间室主任期间，除了主办第二届"民间文化青年论坛"（2004年8月4-5日），没有以民间室的名义再召开过任何大型或中型会议（召开过小型座谈会、报告会）。第二届"民间文化青年论坛"的论文集《民间叙事的多样性》后来由中国民俗学会资助出版[5]，高丙中时任中国民俗学会秘书长，于此事多有助力。

2003年，文学所建所五十周年庆祝活动期间，我把南京大学高国藩教授请回民间室，在文学所所庆活动的民间室分会场上发言。高国藩是北京大学文学研究所（中国社会科学院文学研究所的前身）民间室的旧人，1957年被划为"右派"，贬谪到外地任教。高国藩在会上自陈,他在北京大学文学研究所期间研习俗文学曾受教于郑振铎先生,在离开文学所之后数十年间一直坚持学术研究,没有灰心气馁,也没有辜负俞平伯先生、何其芳先生临行前吩咐他继续研究中国古典文学、民间文学的学术任务。无论别人怎样看待我执意邀请高国藩先生再回文学所民间室(似乎与文学所所庆活动的热烈气氛不相容)的"忤逆"做法,我还是坚持我的"矫情"立场。这是因为,虽然当年的罪责并不是由我本人造成的,而是由我的上一代人甚至上上一代人造成的,但我还是认为自己有责任将它承担起来,因为,如果你已经下决心接受前辈的遗产,那么,你就应该承担起这遗产的全部,而不仅仅是前辈留下的光荣与梦想、业绩与人格,而是也包括了他们所有的错误和遗憾(参见本书《做一个能够承担的文学所人——献给文学研究所六十周年诞辰》)。

我之所以不主张多做集体项目,而主张无为而治地让研究室的每一位研究人员都能够"放任自流",乃是因为我认为,学术本是非常个人化的工作,而集体项目很可能是"强扭的瓜不甜",尽管我也参与过多项民间室、文学所和民族文学所的集体项目(例如傅璇琮先生、蒋寅先生主编的《中国古代文学通论》[6],郎樱先生、扎拉嘎先生主编的《中国各民族文学关系研究》⑦)。当然,也正是在参与董乃斌、陈伯海、刘扬忠诸先生主持、主编的《中国文学史学史》⑧集体项目的研究、写作过程中,通过对民间文学史、少数民族文学史写作历史的反思,⑨才开始了我对民间文学—民俗学学科的意识形态"原罪"长达二十年的反省,并最终与学界同人户晓辉等共同提出了"实践民俗学"("民俗学实践范式转向"或"作为实践科学的民俗学")的理论主张。而这些长时间安静思考的结果,没有文学所及民间室为我提供的"结庐在人境,而无车马喧"的独立自由的学术思想环境,是难以想象的,尽管我个人的思考至今仍在路途中。

在我的记忆中,[刘锡诚]先生对已经到文学研究所民间文学研究室工作的我曾寄予了莫大的期望。当我一踏入研究所的大门,当我竟然也担任了研究室的负责人,先生给予我的唯一的一次嘱托就是:"无论别人怎么做,你一定要坚持民间文学的研究方向!"十多年了,我在文学所和民间室的岗位上已经工作了十多年,对于先生的嘱托,我一天不敢忘记。我总是在想,如果我不能完成先生的嘱托,那么,等到我退休的时候,我还能不能让先生承认我是他的学生?

——《中国民间文学的西西弗斯——刘锡诚〈20世纪中国民间文学学术史〉读后》

一代人与一代人之间在学术思想上的代沟在所难免,刘锡诚先生是主张民间文学与民俗学分科的,而我对学术分科不大在意。我认为,民间文学的民俗学化、人类学化甚至社会科学化,是民间文学研究的必然之路,如果民间文学家们希望民间文学研究经验实证化即理论科学化。反之,如果民间文学希望自己能够成为、作为一门自在自为(而不仅仅是依靠学科分立的外在性力量)而独立的学科,那么,民间文学就不应当走理论科学之路,而应该走实践科学之路。在走向实践科学的道路上,民间文学与民俗学是否必须"兄弟分家",根本就是无须考虑的问题;而需要考虑的关键问题是,民间文学应该反思地还原出内在于自我的先验理想,并能够运用先验综合的方法,把先验理想付诸经验性实践。但我的这些想法能否得到先生的许可呢?如今,我也已经退休了,而我的这些想法却让我不敢说已经完成了先生的嘱托,甚至让我不敢恳请先生承认我是他的学生;尽管我的所有这些让先生难以认同的想法,都起源于我的——文学所、民间室和不是文学所、民间室的——老师们,带我走进文学所、走进民间室的那一天,而那一天是这样开始的……

无论做什么,总得从馆藏资料的调查开始。从来没有见过这么多的藏书,从来没有亲手抚摸过这么多有价值的藏书,那一次的兴奋和激动是我这一生中都不会再有的。蹲在书库最隐蔽的角落里,听任书架上的尘土纷纷扬扬落到肩上、落在手中,我完全理解了曾经两进两出文学所的董乃斌先生。一次闲谈中,董乃斌先生自述:"我下了火车,一出北京站,望见十里长安街灯火通明,对面不远处就是'学部'大楼(其实只有三层),那真是热泪盈眶啊!"董乃斌先生是何其芳时代进文学所的"老人"中间最年轻的一位,至今,文学所的"老人"们见了面仍然叫他"小董"。董乃斌先生说过,只有等到他退休,才可以说,文学所的何其芳时代结束了。

文学所,做梦的地方!

——《何其芳的传说——何其芳逝世三十周年祭》

也许，这世界上再没有一个人能够感同身受地理解文学所、民间室对于我个人而言的生存论意义了。换句话说，文学所、民间室对于国家、对于学界，当然有完全不同于像对于我个人那样的"高大上"意义。在纯粹个人化的意义上，我与文学所、与民间室之间的关系不是双向的选择，而是我单方面地投奔了文学所、投奔了民间室，而文学所、民间室则接纳了我这样一个在学术上尚无建树的中青年人。我无法想象，如果没有文学所和民间室，没有文学所给我这样一名尚不够格的学人提供的机遇，以及民间室诸同人对我任室主任期间十多年的无所作为——例如我曾经在文学所的学术委员会上与其他学术委员竞争重点研究室的投票中败下阵来，这件事情肯定在民间室诸同人的心理上留下过不小的心理阴影——所给予的容忍和支持，我的学术思想生命会是何等模样？想当年，"面对院人事局'该同志［本科］学历较低请再斟酌'的质疑，鼎力为我陈情的是马昌仪、程蔷、祁连休、徐公持、吕薇芬、陶文鹏、李伊白、董乃斌、张炯、冯志正、郭一涛……诸位先生……"（《何其芳的传说——何其芳逝世三十周年祭》）。我一直想告诉他们一句话，最终，我在拙著《民俗学：一门伟大的学科》[10]的题词中写道：

谨以此著，献给我的老师

因为你们的理想

因为你们的人格

2019年7月

注释：

① 吕微：《楚地帛书、敦煌残卷与佛教伪经中的伏羲女娲故事》，《文学遗产》1996年第4期。

② 吕微：《〈文学遗产〉编委会座谈纪要》，《文学遗产》1995年第1期。

③ 吕微：《中国洪水故事结构研究》，《民间文学论坛》1985年第6期。

④ 祁连休、程蔷主编：《中华民间文学史》，河北教育出版社1999年版；祁连休、程蔷、吕微主编：《中国民间文学史》，河北教育出版社2008年版。

⑤ 吕微、安德明编：《民间叙事的多样性》，学苑出版社2006年版。

⑥ 傅璇琮、蒋寅主编：《中国古代文学通论》，辽宁人民出版社2005年版；此书另有人民出版社2010年版。

⑦ 郎樱、扎拉嘎主编：《中国各民族文学关系研究》，贵州人民出版社2005年版。

⑧ 董乃斌、陈伯海、刘扬忠主编：《中国文学史学史》，河北人民出版社2003年版。

⑨ 吕微：《现代性论争中的民间文学》，《文学评论》2000年第2期。

⑩ 吕微：《民俗学：一门伟大的学科——从学术反思到实践科学的历史与逻辑研究》，中国社会科学出版社2015年版。

编　后　记

◎郝建国

书稿用了近两个月的时间，断断续续地看完了。看完的时候，是又一个安静的黎明。书桌上方的时钟飞速运行，发出时不我待的嗒嗒之声。

初识吕微，是在北京建国门内5号中国社会科学院文学所的民间文学研究室，同在的还有祁连休老师及民间文学研究室的其他各位专家。吕微和祁连休老师一起担任我们一套新书的主编，为人低调谦虚，是我对民间室各位享誉国内外学者的共同印象。后来，祁连休老师那部三卷本《中国古代民间故事类型研究》面市，吕微满怀激情写了本书中收入的这篇文采飞扬的文字《阿卡琉斯的愤怒与孤独》，使我对吕微刮目相看，惊为天人。文中纵论古今，大气磅礴，将他与祁连休老师的知音之情淋漓道出，表达了对学术的膜拜和对时弊的抨击，令人击节。由此，我把吕微当作研究界的散文家来看待，多次向他约稿，请他写一些文化随笔类的文字，使读者能够在文化的浸润中获得浩然之气的感召。

想当年，余秋雨先生的《文化苦旅》滋养了一代人的心灵，我想吕微的这本《让我们谈谈文学这件纯洁的事情》定能再起涟漪，影响深远。本书九篇文章围绕中国社会科学院文学研究所徐徐展开，回忆过往，追思先贤，谈说文学这件原本应该"纯洁"的事情。

　　文学作为一个独特的存在，以强大的感召力记录时代，泽被后人；文学研究则以深入的思考和探寻，帮助并推动文学创作。这原本都是"单向度"的工作，标准也很"单纯"，但由于夹杂进许多人为因素，一个时期的文学难言"纯洁"，甚至很功利。

　　"让我们谈说文学这件纯洁的事情"，虽语言柔婉，然如一声断喝，令人警醒。回归文学的"纯洁"初心，赋予文学应有之义，是所有文学工作者的应尽义务，也是文学及文学研究得以在正确的轨道上不断前行的保障，这是我们着力推出此书的动机，更是我们推出此书意义之所在。

　　吕微是一个严谨而对自己要求甚高的人，虽已退休多年，但文化的使命感依然洋溢于胸，对文学的探索依然未停脚步，如一位行者走在通向远方的漫漫途程。祝愿吕微能如其所愿，把"纯洁"的种子撒布到文学的领地，祝愿所有的文学工作者把这件"纯洁"的事情，做得越来越好！

2019年11月8日立冬日